요시모토 바나나
よしもとばなな

요시모토 바나나는 1987년 데뷔한 이래 '가이엔 신인 문학
상', '이즈미 교카상', '야마모토 슈고로상', '카프리상' 등의
여러 문학상을 수상하면서 일본 현대 문학의 대표적인 작
가로 꼽히고 있다. 특히 1988년에 출간된 『키친』은 지금까
지 200만 부가 넘게 판매되었으며, 미국, 독일, 프랑스, 이탈
리아, 스페인 등 전 세계 30여 개국에서 번역되어 바나나에
게 세계적인 명성을 안겨 주었다. 열대 지방에서만 피는 붉
은 바나나 꽃을 좋아하여 '바나나'라는 성별 불명, 국제 불
명의 필명을 생각해 냈다고 하는 그는 일본뿐 아니라 전 세
계에 수많은 열성적인 팬들을 두고 있다. "우리 삶에 조금이
라도 구원이 되어 준다면, 그것이 바로 가장 좋은 문학"이라
는 요시모토 바나나의 작품은, 이 시대를 함께 살아왔고 또
살아간다는 동질감만 있으면 누구라도 쉽게 빠져들 수 있
기 때문이다. 국내에는 『키친』, 『하치의 마지막 연인』, 『암
리타』, 『하드보일드 하드럭』, 『아르헨티나 할머니』, 『데이
지의 인생』, 『그녀에 대하여』, 『안녕 시모키타자와』, 『막다
른 골목의 추억』, 『사우스포인트의 연인』, 『도토리 자매』, 『스
위트 히어애프터』, 『N.P』, 『어른이 된다는 것』, 『바다의 뚜
껑』, 『매일이, 여행』, 『서커스 나이트』, 『주주』 등이 출간, 소
개되었다.

새 들

새들

요시모토 바나나 • 김난주 옮김

민음사

TORI TACHI
by Banana YOSHIMOTO

Copyright © Banana Yoshimoto 2014
All rights reserved.

Korean Translation Copyright © Minumsa 2021

Japanese original edition published by SHUEISHA, Inc.
Korean translation edition is published by arrangement with
Banana Yoshimoto through ZIPANGO, S.L.

차례

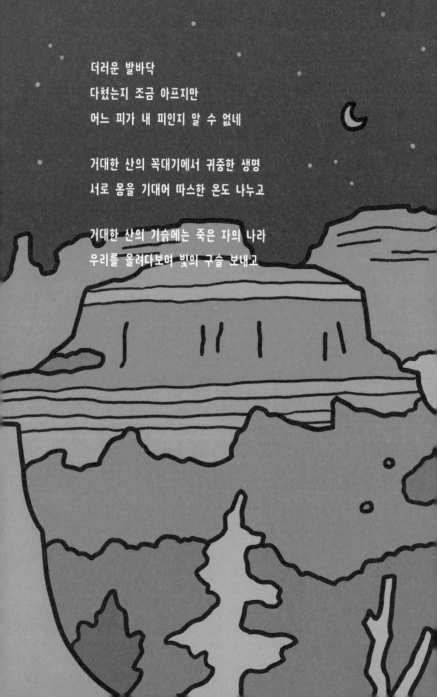

더러운 발바닥
다쳤는지 조금 아프지만
어느 피가 내 피인지 알 수 없네

거대한 산의 꼭대기에서 귀중한 생명
서로 몸을 기대어 따스한 온도 나누고

거대한 산의 기슭에는 죽은 자의 나라
우리를 올려다보며 빛의 구슬 보내고

보스턴백에는 사흘 치 옷과 그 아이의 사진
지금쯤 어디선가 울고 있을지, 웃고 있을지

새로운 망해를 협곡에 떨군다
새들이 휙 낚아채 하늘 높이 가져간다
매일의 풍경 오래오래 계속되겠지
익숙해져야 해,
　살아남은 우리들

　　　　　　　　　－아오바 이치코
　　　　　　　　『살아남은 우리들』 중에서

가을 햇살이 가로수 길의 소소한 나무들 사이를 지나 도로를 비추고 있다.

대학로에서 역 앞의 북적거리는 중앙로까지, 더글러스 소나무 가로수 길이 이어진다.

이 동네 동장이 이 나무를 꼭 심고 싶다면서 사재를 털었다는 얘기는 유명하다. 아직은 그렇게 높이 자라지 않았지만, 짙은 녹음으로 풍성한 이 길은 이제 동네의 상징이다.

짙은 초록색 이파리가 깊은 갈색 줄기에 잘 어울린다.

기온이 조금 낮고 청명한 데다 여름 최고 기온도 그리 높지 않아 일본치고는 비교적 건조한 이 고장에서는 이런 소나무도 그런대로 자란다.

　이 소나무의 열매에서 귀중한 기름을 채취할 수 있다는 걸, 옛날에 애리조나에 살았던 나는 알고 있다. 그 기절하리만큼 좋은 향과 끈끈한 질감도 모두 기억한다.

　세도나의 여러 가게에서 그 기름으로 만든 크림을 팔았다. 상처에도 피부에도, 물을 많이 만지거나 자외선에 노출되어 거칠어진 손과 입술에도, 아무튼 나는 어디에나 그 크림을 즐겨 발랐고, 실제로 효과도 좋았다. 그리고 소나무의 그윽한 향이 났다.

　이 이야기를 누구와 나누고 싶은데, 그리운 그 향기 얘기도.

　상대는 사가밖에 없다. 그렇게 생각한다. 타닥타닥 불똥이 튀는 뜨거운 난로 앞에서, 옛날처럼 끝없이 얘기하고 싶다.

　그 무렵에 있었던 일 중에서도, 이 세상에서 우리 둘만 간직하고 있는 좋았던 일만을.

　그리고 온 동네 사람들에게, 이 가로수 길은 사실 보

물단지예요, 하고 말하고 싶다.

　이 나무의 열매에서 조금씩 조금씩 기름을 짜내 크림을 만들어서 사가와 함께 이 동네 저 동네로 팔러 다닌다. 그렇게만 해서도 살아갈 수 있다면 좋을 텐데.

　그렇게 생각한다.

　이렇게 하늘이 예쁜 가을날에는, 솔 냄새와 투명한 빛이 그 꿈을 가능하게 해 줄 듯한 기분마저 든다.

　우리 부모들은 그들의 피를 이 나무가 사는 대지에 모두 바쳤다. 그래서 이 나무에 대한 우리의 마음은 각별하다. 그 신기한 마법은 지금도 나와 사가의 몸을 따스하게 감싸고 있다.

　아름다운 가로수 길이 있는 동네에 산다는 게 참 좋다.

　서늘한 공기에 싸인 나무들의 터널을 지나가자, 폐 속의 공기가 조금 차가워졌다. 따끈한 홍차를 마시면서 조금 더 그런 공상을 하려 한다. 오늘을 사는 데 힘이 되는 공상을.

　모두들 나를 두고 생각이 너무 많다느니 까다롭다느니 하는데, 그렇지 않다. 사실은 모두가 이렇게 조금씩 영혼을 충전하면서 살아가는 게 좋다고 생각한다.

그게 나를 어떤 원리로 움직이는지, 언제든 반듯하게 설명할 수 있으니까.

내 공상 속의 사가는 늘, 진짜 사가만큼은 고집이 세지 않다.

진짜 사가처럼 짜증을 부리면서 벽을 걷어차거나 한바탕 말다툼을 했다고 해서 한 달이나 뚱하고 있지도 않는다. 기름진 음식을 먹었다고 바로 설사를 하지도 않고, 양말에서 냄새도 나지 않고, 수염도 돋지 않는다.

뒤집어 말해서 진짜 사가는 언제나 예상치 못할 만큼 리얼해서, 만날 때마다 깜짝 놀란다.

내 머릿속에 있는 사가는 기본적으로 어렸을 때의 매끈한 모습 그대로다.

내 남동생에 가까웠던 사가. 웃는 얼굴이 귀여운, 세상에서 가장 사랑스러운 남자아이. 어른이 되면 사가를 낳을 거라는 내 말에 어른들은 웃었다.

그런데 신기하게도 고집 센 진짜 사가 안에는, 내 공상 속 사가의 가장 짙은 에센스가 그대로 담겨 있다. 나는 그의 눈동자를 들여다볼 때마다, 무슨 일에든 한없이 너그러웠던 어린 시절 그의 모습을 찾아낼 수 있다.

"저기, 그 사람, 또 따라오는데."

미사코가 내 소매를 잡아당기면서 말했다.

이 여자 대학에서 나와 미사코는, 작가 활동을 하는 탓에 세상에서 조금은 유명하고 또 조금은 보헤미안 분위기를 풍기는 스에나가라는 교수의 미국 문학과 시 강의를 같이 듣고 있다.

나는 그 강의를 좋아해서, 같은 걸 좋아하는 친구도 몇 명 생겼다.

매년 축제 때 그 강의를 듣는 학생들이 스에나가 교수가 쓴 각본을 무대에 올리는데, 늘 화제 몰이를 하는 그 연극 무대에서, 나는 작년에 이어 올해도 주연을 맡게 되었다.

그 점에 관해서는 조금도 부끄러울 것이 없다.

내게 연기의 재능이 꽤 있다는 것은 어느 정도 알고 있었다. 배역이 내 몸 안으로 들어와 나의 인격을 옆으로 쓱 밀어내는 순간을, 알고 있었기 때문이다.

세도나에 있을 때도, 지인이 교회에서 하던 연극에서 몇 번 주역을 맡은 적이 있었다. 지금 생각하면 어떻게 영어로 했나 싶어 식은땀이 흐를 지경인데, 당시에는 어린아이라 배짱이 있어서 그랬는지 아무 의심 없이 당당하게 무대에 올랐다. 천재 아역이라는 소리를 들으며 우쭐했던 시절도 있었다. 나는 코도 둥글둥글하고 그렇게 예쁘게 생긴 것도 아니지만, 그런대로 키가 큰 데다 스타일이 좋아서, 무대 감독에게 사진발이 좋다는 말을 자주 들었다.

사람을 대충 크게 나눈다면, 나는 케이트 모스나 바네사 파라디 계열이라 생각하는데, 그렇게 말하면 사가는 배를 잡고 폭소를 터뜨린다. 아직 조니 뎁도 만나지 못했으니, 분하지만 자찬에 지나지 않을 것이다.

여자 대학에서 주역을 두 번이나 맡다 보니 주변의 시샘도 많았지만, 팬도 몇 명 생겼다. 편지나 과자를 건네주기도 하고, 외부 사람인데 연습하는 걸 몰래 보러 오기도 하고.

나는 지금, 스에나가 교수의 친구가 주재하는 극단의 무대에 한번 서 보지 않겠느냐는 요청을 받은 상태이다. 역시 스에나가 교수가 각본을 쓴 연극이다. 내가 출연했던 작년 무대를 보고서, 그 친구라는 사람이 내게 맡기고 싶은 역할이 있다고 말했다고 한다.

그런 나를 밖에서 보면, 재능을 살린 장래 희망에 불타는 평범한 여대생으로 보일 것이다. 그렇다는 게 정말 신기하고, 또 기뻤다.

무대에 서는 일이, 모든 걸 제쳐 놓고 사가 걱정만 하는 나를, 일본에 돌아오기는 했지만 적응을 못 해서 거의 방에만 틀어박혀 지내던 나를, 조금씩 밖으로 향하게 했으니까.

애리조나의 세도나에서 산 적이 있다는 사실도 스에나가 교수와 나를 이어 준 인연이었다고 생각하면, 그 건조한 공기와 한없이 투명한 파란 하늘과, 예쁘게 구워진 초콜릿 케이크처럼 줄줄이 이어지는 산들에도 타오를 듯한 감사를 느끼지 않을 수 없다.

그 오후에는 미사코와 함께 축제 준비 사전 미팅에 참석했다.

그런 다음 몇 명분의 대본을 한꺼번에 복사해서 묶고, 같이 집에 돌아가게 되었다. 이번 대본은 스에나가 교수가 감수해서 출판한 시가 바탕이기 때문에, 스토리성은 별로 없다.

대사는 나와 미사코 둘의 낭독이 대부분이다.

다른 출연자도 몇 명 안 된다.

같은 강의를 듣는 학생 중에 미대에서 온 전과생이 있는 탓에, 출연진이 아닌 학생들은 모두 무대 장치에 매달렸다. 매일 건물 뒤에서 엄청나게 섬세한 세트를 만들고 있다. 그걸 보러 가는 것도 요즘의 재미다.

"괜찮아. 뒤쫓는 거 아니니까. 나를 지켜 주려고 저러는 모양이야."

내가 말했다.

"어떻게 그렇게 말할 수 있니. 이해가 안 되네. 늘 저렇게 남자가 살금살금, 그러면서도 대놓고 따라다니는데 태연할 수 있다니. 그리고 그렇게 친한 사이면 말을 하면 되잖아. 나란히 걸어가면 되잖아. 그럼 나도 인사도 하고 얘기도 나눌 텐데. 너도 참 착하다. 저렇게 소심한 남자를 그대로 놔두는 게. 보통 여자는, 남자의 성격을 뜯어고치려고 하는데."

미사코가 말했다.

"게다가 저 사람, 진짜 남친 맞니? 아니면 그냥 소꿉동무? 누가 그러던데."

학교에서 돌아오는 가로수 길에서, 내가 다른 사람과 함께 있으면 사가는 말을 걸지 않는다.

새로운 사람과 얘기하는 게 귀찮아서일 것이라고 생각한다. 그래서 조금 떨어져서, 내가 혼자 남을 때까지 따라온다.

그런 때 나는, 사가를 위해서 같이 있던 누군가를 떨쳐 버리지는 못한다. 가끔 얼굴을 아는 남자나 손윗사람과 걷느라 사가를 못 보는 시간이 길어지면, 무척이나 가슴이 아프다.

숨이 가빠질 정도로 아픈데, 그런데도 떨쳐 버리지 못한다.

그런 심정이 들 수도 있다는 걸 아무도 가르쳐 주지 않았으니, 사가에게만 집중하면 모든 가능성이 닫혀 버릴 듯한 절망적인 기분이 든다.

사가는 일을 끝내고 달려왔을 테니까, 빨리 수고했다는 말을 해 주고 싶다. 하지만, 멀리 있는 그의 모습을 확인하면서 그냥 걸어갈 수밖에 없었다.

"마코 너, 겉보기만 천사 같은 게 아니라, 진짜 천사인가 보다. 파마를 한 것도 아닌데 구불거리는 이 머리칼도

순정 만화에 나오는 주인공 같고. 그리고 저 사람, 마코 너를 정말 좋아하나 봐. 늘 절박한 표정인데 스토커가 아니라는 건 충분히 알 수 있어. 그래도 저렇게 존재감이 강렬한 사람과 사귀는 거, 힘들 것 같아. 겉모습만 해도 정말 튀잖아. 꽤 잘생기기는 했는데, 분위기가 너무 짙어."

미사코가 말했다.

나의 안색을 살피면서, 상처가 되지 않는 말을 고르고, 다양한 상황에 대응할 수 있는 표현을 고른다. 요즘 조금씩 친해지고 있는 미사코의 그렇게 섬세한 부분이 좋다.

사람과 친해지다 보면, 점차 부연 안개 같은 것이 생겨난다. 그 안개가 나의 생각과 행동을 조금은 옭아매는 듯하다. 그래서 나는 사람들과 사귈 때 무척 신중하다.

"나, 천사 아니야. 이 머리도 아침에 일어나면 폭탄 맞은 것 같아서, 물로 적시고 학교에 올 정도인데 뭐. 진짜 볼품없어.

그리고 사가는 형제나 다름없는 사람이고. 그런데 핏줄이 다르다는 이유로, 나 언젠가는 그와 결혼하려고 해. 솔직히 말해서. 지금은 그 사람 아기가 생겨서, 그가 속도위반 결혼을 용납해 주기를 은근 바라고 있어. 요즘 가장 관심 있는 게 그거야. 그 정도로, 그를 사랑해."

나는 말했다.

막 10월에 들어섰는데, 공기는 눈이 내릴 것처럼 차갑고 하늘은 눅눅하고 흐리다. 색감이 서로 다른 회색이 층층이 그러데이션을 이루며 커튼처럼 하늘을 뒤덮고 있다.

"그러니까 그 사람이랑 약혼했다는 뜻이니?"

미사코가 물었다. 나는 여전히 하늘을 보고 있었다.

"언젠가, 천천히 얘기할게. 그렇게 단순하지가 않아. 전에도 조금 얘기했지만, 우리, 어린 시절을 아주 복잡한 환경에서 보냈어. 단둘이 지낸 시기도 있어서, 끊으려야 끊을 수 없는 관계야.

그리고 안타깝지만, 가능하면 잊고 싶은 일을 공유하고 있어. 그래서 일본에 온 후로 내가 사가를 자연스럽게 대하지 못했고, 그 탓에 저렇게 그림자처럼 나를 따라다니면서 지키게 된 거야. 그렇게 처신할 수밖에 없어서."

나는 말했다.

그 말이 나뭇잎 냄새에 섞여 공기에 쓰윽 녹아든다.

말하면 말할수록, 모든 것이 움직이기 어려운 사실이 되는 것만 같아, 두려웠다.

미사코는 잠시 생각하고서, 나를 보았다.

내 두려움을 지워 버릴 정도로 사근사근한 눈이었다. 부모 같은 눈, 그리고 고개를 옆으로 기울인 백조 같은.

흥미로워서가 아니라는 느낌이 절절하게 전해져, 나는 마음을 담아 그녀에게 미소 짓고 싶어졌다.

미소가 파문처럼 퍼져, 미사코 입술에도 부드러운 미소가 전염되었다.

더글러스소나무 가로수 길 한가운데에서.

이런 순간, 나는 신이 보고 있다는 걸 확실하게 느낀다. 보고서 행복한 파문을 그 마음에 나타내 보이고 있다는 걸.

"내가 생각하는 것처럼 들뜬 느낌은 아니라서 안심이다. 나 저 모퉁이 돌면 버스 탈 건데, 지금 마코를 혼자 내버려 둬도 좋을지 고민하고 있었거든. 내가 가 버리면 저 사람이 바로 말을 걸 텐데, 그래도 괜찮을지 말이야. 솔직히, 묻기를 잘한 것 같아. 혹시 저 사람과 지금 단둘이 얘기하고 싶지 않으면, 내가 집까지 바래다 줄게."

미사코가 말했다.

"나 진짜 천사거나 공주님인가 보다. 기사가 두 명이

나 붙어 있게. 사가랑 얘기하는 건 나의 일상이야. 더없이 안전하니까, 걱정 마. 지금도 거의 같이 살다시피 하는걸. 다음에, 정말 다 얘기할게."

나는 말했다.

"알았어. 그래도 억지로 얘기할 필요는 없어. 언젠가, 술에 취했든지, 얘기하고 싶어지면 그때. 우리 아직 3학년 이니까, 이렇게 같이 있을 수 있는 시간 많아."

미사코가 말했다.

미사코의 콧잔등에 햇살이 예쁘게 아른거린다. 그 곧고 검은 머리칼에도 아른아른 빛이 춤춘다.

"그런데, 물어봐도 될까? 저 사람, 대체 몇 살이니? 저렇게 작고, 깡마르고…… 한참 아래니?"

미사코가 물었다.

"두 살 아래인데, 작지? 아주 어렸을 때 엄마의 영양 상태가 좋지 않았대. 그래서 같이 살게 된 후로는 우리 엄마가 그에게 특별히 영양가 높은 밥을 지어 주었어.

그만큼 오래전부터 우리, 같이 지냈어. 징글징글한 일도 많았고. 수염이 나기 시작하는 것도, 종아리 털이 새까매지는 것도 다 봤어. 저쪽도 밤중에 내 생리대 사러 편의점에 가곤 했고.

어린 그를 키우느라 나도 참 고생이 많았지. 푸딩을 만들어 먹이기도 하고. 그냥 푸딩은 영양이 부족하니까 빵도 넣고. 메이플과 용설란 시럽을 듬뿍 뿌리고. 그런데 짜증 나게 그런 아이일수록 시럽으로 영양을 보충해 주려고 하면 너무 달다고 한다니까."

나는 말했다.

"아, 정말 그러네. 형제라고 할까, 가족? 너 정말, 그 사람 엄마 같은 존재구나."

미사코는 정말 안심했다는 투로 말했다.

그러고는 갈림길에서 손을 흔들며 사라졌다. 사라져 가는 치맛자락의 그림자가 나무 아래에 어른거려 그림 같았다.

이제야 마음이 놓였고, 아쉽기도 했다.

안온하고 천진난만한 대학생의 일상이 끝나고, 이제부터는 처절한 성의 시간이 시작된다. 가령 성적인 행위가 없어도, 이 세상에 남자와 여자인 우리 둘밖에 없어 숨막히고 달콤하고 애틋한 시간이.

나는 사가 외에는 아무것도 생각하지 못한다. 사가가

나의 그런 시선을 먹고사는 한, 사가를 보고 싶다고 바란다. 그렇게 어디와도 이어지지 않는 둘만의 시간이 시작된다. 돈도 없고, 시간도 없고, 앞날도 꿈도 없고, 과거의 무게만 산더미만 하다. 그러니 어쩔 수 없이 숨이 막힌다.

하지만 언젠가는 반드시, 훨씬 더 광활하고 시원한 장소에 다다를 것이라고 생각한다. 사가에게는 매사를 과감하게 헤쳐 나가는, 그런 힘이 있다.

아직은 어쩔 수 없다, 둘이 이 무게를 짊어지고 사는 수밖에 없다.

"안녕."

멈춰 서 있는 내게, 사가가 다가온다.

주머니에 손을 푹 쑤셔 넣어, 겨우 열여섯 살 정도로나 보이는 깡마른 몸으로.

나도 키가 그리 크지 않은데 그가 나보다 5센티미터나 작아서, 올려다보는 그 눈의 날카로움이 각 나이대의 모습으로 내 마음에 새겨져 있다.

"벌써 저녁이야."

나는 미소 지으며, 그의 손을 주머니에서 꺼내 감싸

쥐었다.

어렸을 때부터 늘 그렇게 했다. 그의 손은 언제나 아주 차갑다.

나는 기도하듯, 감싸 쥔 그의 손을 따뜻하게 데운다.

내 힘을 전부 드릴 테니 이 아이를 살아 있게 해 주세요, 하는 마음으로.

어린 시절에는 항상 그랬다. 그러다 힘이 다해서 잠들 때까지. 다부지고 탱글탱글했던 내 몸은 사가에게 힘을 너무 많이 준 바람에 비쩍 말랐고, 사가는 쑥쑥 건강해졌다.

사람에게 힘을 받아서 살아남을 수도 있는 거야. 그러니까 사가는 마코에게 감사해야 돼. 엄마들은 늘 그렇게 말했다.

그 말을 떠올리면, 언제든 손을 놀리고 몸을 움직이면서 마주 웃던 두 여자의 얼굴도 덩달아 떠오른다.

사가의 엄마는 우리 엄마와 정말 사이가 좋았다.

오늘도 후드득후드득 떨어져 쿠션처럼 쌓인 솔잎과 솔방울이 널린 지면을 배경으로, 제 엄마를 쏙 빼닮은 사가가 우뚝 서 있다.

언제나 자세가 좋은 사가를 좋아한다. 오직 홀로 무거운 운명을 짊어지고 있는 것처럼, 지구의 평화를 지키고 있는 것처럼 진지하게 선 모습이다.

그런 그에게는 자연이 어울린다. 도시에 있으면 왠지 초라해 보인다. 그러나 나무와 흙이 있는 곳에 있으면, 그 특유의 자신감이 움튼다. 그래서 지금 나는 그런 그가 지켜 주고 있는 듯한 느낌이 든다. 십몇 년 만에 입장이 완전히 뒤바뀌고 말았다. 옛날에는 내가 보호해 주었는데, 지금 나는 사가 없이는 살아갈 수 없다.

"조금 전에 일어났어. 밤새도록, 새벽까지 한심하리만큼 빵을 많이 구웠어."

사가가 말했다.

"원래는 이른 아침과 낮에 굽는데, 밤에 일할 수 있게 시간을 조금 옮겨 달라고 했더니 공장장이 허락해 줘서. 그래서 지금은 내 생활 리듬에 맞게 자고 일어날 수 있어서 좋아."

"그래, 우리는 아무래도 올빼미 체질이니까."

우리, 라는 말이 지배적으로 울리지는 않았을지 조금 염려되었다.

사가가, 그의 손을 쥐고 있는 내 손을 감싸 쥐면서 말했다.

"겨울 방학에 애리조나에 같이 가지 않을래?"

"그 말은, 세도나에?"

나는 되물었다.

"응, 다시 가 보려고. 이제 곧 옛날 일들이 끝날 것 같아. 그래서 시원하게 털어 내고 싶어서."

사가가 말했다.

"여기 있는 무덤은 완전히 정화되었을까? 모두들 천국에서 평안할까? 천국 사람들은, 우리가 떠올릴 때마다 색이 진해진다는 말이 있는데, 그거 정말일까? 이렇게 자주 얘기하고 기도하니까, 그냥 살아 있는 사람처럼 진해졌겠지. 다카마쓰 씨도, 사가 엄마도, 우리 엄마도. 안타깝지만 우리 아빠는 사진 속 얼굴밖에 몰라서, 잘 그려지지가 않아. 그래서 좀 미안한 느낌이야."

나는 말했다.

"그래, 그럴 거야. 이 세상에서 우리밖에 찾는 이가 없지만, 가 볼 때마다 분위기가 맑아져서 정말 좋은 무덤이 됐어."

사가가 말했다.

"하지만 지난번에도 그렇게 말하면서 성묘했는데, 왠지 좀 탁했잖아. 그 탓에 돌아올 때 우리 기분도 찝찝해서 별거 아닌 일로 다퉜고."

내가 말했다.

"그래. 단기간에 그렇게 쉽게 정화되지는 않겠지. 하지만 괜찮을 거야."

"그럼, 이번 일요일에 오랜만에 가 볼까? 그리고 다시 생각해 보자."

"너는, 애리조나에 가기가 그냥 무서운 거겠지."

사가가 말했다. 매정하게 밀쳐 내는 듯한 말투였다.

그래서 불안해졌다.

"응. 아직 무서워. 그곳에 가는 거, 솔직히 말해서 무서워. 특히 그 협곡이 무서워. 꿈속의 시신이 기억나서."

내 입에서 나온 시신이라는 말의 생생함에 나도 모르게 숨이 멈췄다.

"나도 그래. 추억이 있는 곳을 돌아보는 건 좋지만, 거기까지는 안 가도 되지 않을까 싶기도 하고, 이제 나이를 먹었으니까, 어른이 되었으니까 오히려 가 보고 싶은 기분도 들어. 모든 것을 어떤 형태로든 수정할 수 있잖아."

사가가 말했다.

"어떤 변화가 있을지는 아직 모르지. 이번에야말로 우리가 같이 살게 될지도 모르고."

"사가가 아닌 사람과 같이 산다는 건 생각할 수 없어. 이 말은 정말이야. 하지만 지금은 같이 살아도 떨떠름하고 답답한 게 있을 거야. 경제적으로도 그렇지만, 우리가 아직 어른이 아니라는 기분도 드니까."

나는 그의 눈을 똑바로 쳐다보면서 말했다.

이런 모든 일에서 도망치고 싶은 기분이 조금이라도 있다는 것을 그가 절대 알아차리지 못하도록.

조상의 무덤은 감사하는 마음으로 찾으면 충분하다. 그러나 우리가 종종 찾아가는 곳은 내 부모와 사가의 엄마와 그녀의 연인이었던 다카마쓰 씨가 한꺼번에 묻힌 무덤이다. 내가 철들기 전에 이미 세상을 뜬 아빠에 대해서는 잘 모르지만, 나머지 사람들의 목소리는 아직도 내 귀에 또렷하게 남아 있다.

하지만 사가는 나의 그런 기분까지 다 알고 있을 것이다. 그런 생각까지 모두 담아 나는 그의 눈을 쳐다본다. 우

새들

리의 역사가 알알이 박혀 있는 그 아름다운 영혼의 창을.

"아니지, 그냥 내버려 두면 너는 공부만 하다가 수녀처럼 되든지, 무명의 여배우가 되어 돈 많고 평화로운 남자와 결혼해서 인생을 처음부터 다시 시작하게 될 거야. 그럴 수 있다면 얼마나 편하고 좋을까, 마음속으로는 그렇게 생각하고 있잖아? 다른 인생을 사는 편이 편하다는 것도, 오래 같이 지냈지만 이런 나와 결혼해 봐야 미래가 불투명하다고, 꽉 막힌 길이라고 생각한다는 것도 알아."

사가가 말했다.

"하지만 그렇지 않아. 그래도 희망의 길은 있어. 꽉 막힌 길, 숨이 막히는 장소, 그런 곳에 갇히지 않기 위해서 사는 거니까. 우리는 그냥 돌아온 게 아니야. 헤어지지도 않았고. 둘이서 새로운 장소로 조금씩, 꾸준히 마음을 옮겨 가는 중이라고."

나와 그는 죽은 우리 가족의 영혼을 정화하는, 누구의 눈에도 보이지 않는 그 일을 틈날 때마다 계속해 왔다.

그러지 않으면 살아 있는 것도 죄라고 여길 만큼의 진지함으로.

"우리는 낙원에 갈 거야. 말 그대로 낙원에. 그게 우리

인생이야."

사가가 말했다.

저녁 햇살이 비친 그 옆얼굴이 너무도 또렷하고 아름다워서 나는 넋을 잃고 바라보았다. 그리고 그 말의 아름다움에 눈물이 또르르 흘러 콧등에 멈췄다가 맑은 방울이 되어 떨어졌다.

"결혼하게 되면, 증인은 스에나가 교수 부부에게 부탁해도 될까?"

코맹맹이 소리로 내가 물었다.

"뭐야, 왜 또 그 남자 이름이 나와."

사가가 말했다.

"혼인 신고를 하려면 증인이 필요해. 우리, 달리 부탁할 사람이 없잖아. 그 사람 말고는 신뢰할 수 있는 어른을 모르는 걸. 너는 기숙사에서 툭하면 문제를 일으켜서 윗사람들과 사이도 좋지 않잖아. 그러니까 철없는 소리 하면 안 돼. 나는 아이를 낳아도 사생아는 싫으니까, 반드시 미쓰노 사가의 부인이 될 거야. 그런데 그렇게 유치한 말을 하는 사람과 동거든 결혼이든 어떻게 할 수 있겠어."

나는 웃었다.

새들

"조금 더 납득이 되면. 그리고 나, 증인 돼 줄 만한 사람 제법 있어. 공장장님도 그렇고, 스승님도 있고."

사가가 말했다.

"아, 그러네. 그 부부도 괜찮겠다. 흠, 그럼, 별문제 없는 거네. 아기는 생기더라도 어떻게든 대처할 수 있을 것 같은데, 혼인 신고에 대해서는 왠지 불안하고 움츠러들어. 시어머니도 시아버지도, 아무도 없는데."

나는 웃었다.

우리 사이에서 몇 번이나 되풀이된 대화였다.

다소 문제는 있지만, 사람이 이렇게까지 마음을 단단히 먹었으니 이루지 못할 일은 없을 것이라고 생각한다.

도중에 우리 중 어느 한쪽이, 또는 어느 한쪽의 마음이 죽지 않는 한.

하지만 우리는, 더없이 확실하게 보였던 것도 정말 어이없이, 순식간에 없어지는 과정을 너무 많이 보고 말았다.

그 말을 삼키고, 나는 사가와 함께 걸었다.

사가와 있을 때 보이는 세계는 티끌 하나 없이 맑다.

가령 동네 사람들이 사가가 풍기는 독특한 분위기를 불길하게 여기든, 입고 다니는 옷이 깨끗하지만 단벌이라

초라하게 보든, 나는 전혀 개의치 않는다. 그렇다고 벌거 벗은 사가만이 사가라고 생각하는 것은 아니다. 육체 따위는 없어도 사가는 사가라고 여길 정도다. 내게는 하늘도 풀도 나무도 빵도 와인도 흙도 모두 사가다. 내가 보는 것에는 모두 사가의 흔적이 있는 기분이다.

그런데도 학교에 있으면서, 가령 대강당에서 한창 강의를 듣는 중에 사가가 떠오르면, 조금은 부끄럽기도 하다.

주위 학생들의 세련되고 깔끔하고 개성이 살아 있는 소지품과 옷차림에 비하면 사가는 옛날 아이 같다.

"좀 춥네. 겨울은 이제 시작인데. 지금 바로 뜨거운 홍차를 마시러 가고 싶은데, 괜찮아?"

나는 말했다.

"좋아. '샨티'로 갈까?"

사가가 말했다.

"오늘은 돈 있어."

'샨티'는 이 촌 동네의 유일한 홍차 전문점이다.

산책하다 발견했는데, 무척 마음에 들었다.

무엇보다 예스러운 점이 좋았다.

외벽은 넝쿨이 휘감고 있고, 오래된 의자의 가죽은 금

새들

이 좍좍 가 있고, 흰 벽은 담배 연기에 그을어 있고, 그리고 해묵은 하얀 포트. 창문으로 비치는 아련한 빛. 예스러워 현대에 어울리지 않는 우리는 그 모든 것에 편안함을 느꼈다.

홍차를 좋아하는 노부부가 운영하는 가게였다. 커다란 포트에 몇 명이서 마실 수 있을 만큼 넉넉히 들어 있는 다즐링도 얼그레이도 차이도 500엔. 출출할 때는 시나몬 토스트와 치즈 토스트도 450엔이면 먹을 수 있다.

그래서 나와 사가는 늘 거기에서 데이트를 한다.

그리고 사가는 밤에 일이 없을 때만 기숙사에 돌아가지 않고 내가 혼자 사는 아파트에 와서 묵는다.

너무도 태연하게 외박을 하는 탓에 줄곧 기숙사 관리인의 눈총을 받았는데, 요즘은 외박 신고를 하면 아무 문제가 없다고 한다. 나와 오래 사귀는 사이라는 걸 알렸을 테고, 이제 거의 어른이랄 수 있는 나이가 되어서 느슨해졌나 보다고 그는 말한다.

나는 그의 기숙사 방에는 간 적이 없다.

그렇게 오랜 세월을 함께하면서, 그의 방이 어떻게 생겼는지를 모르기는 처음이었다.

그러나 그로서는 자유로움을 만끽하고 있으리라. 짜증 나지만, 그렇게 생각한다. 그는 혼자만의 방을 가져 무척 즐거워 보였다.

내가 같이 살자고 하지 않는 이유는 약이 올라서, 그리고 둘이 있다가 정말 방향을 잃어버릴 가능성도 있기 때문이다.

둘이 같이 있으면, 둘 다 어린아이로 돌아가고 만다.

그리고 기억이 우리를 휩쓸고, 유령에 에워싸여, 둘이 함께하지 못할 수도 있다는 예감이 들기 때문이다. 부정하고 또 부정해도 예감은 사라지지 않아, 우리는 지금 그걸 줄이기 위해 조금씩 조정하고 있다.

게다가 태어나서 처음, 자기보다 나이 많은 여자들의 잔소리에서 벗어나 자유를 즐기고 있는 사가는, 결혼 전까지는 남자들만 사는 기숙사가 마음 편해서 좋다고 한다.

친구는 별로 없지만 같은 일을 하는 사람들이고, 다들 어떤 식으로든 부모가 없어서 신경을 쓰지 않는다고. 어차피 빵 굽는 일만 하는데 나 혼자 여자와 살겠다고 하기는 민망하니까 당분간은 기숙사에서 지내도 충분하다, 돈이 거의 들지 않아서 저축도 할 수 있고, 우리들 모두가 같이 지내는 데 완전히 익숙해져서라고.

그런 말을 들을 때마다, 사가가 멀리 떠나 버린 것 같아 허전해진다.

우리들이라니, 그런 말을 하게 되다니, 하고 생각한다.

예전에는 어디를 가든 내게만 들러붙어 있었는데.

"창가 자리가 비어 있으면 좋겠다. 그럼 홍차를 포트로 주문해서 오래 있을 수도 있는데. 포트에 커버를 씌워서, 한참 지나도 따끈한 홍차."

나는 말했다.

"그러게."

사가가 이제야 살짝 미소 지었다.

연극을 매개로 미사코와 급격하게 친해진 내게 조금은 화가 나 있었으리라.

입술 끝만 약간 치켜 올라간 안쓰러운 미소였지만, 내게는 구름 사이로 햇살이 비칠 때처럼 밝아 보였다.

뜨거운 홍차 이미지와 그 미소가 겹쳤을 때, 오늘 하루를 살 수 있는 양식을 얻었다고 생각했다. 내 혼은 그런 걸 먹으면서 살아가고 있다.

몸이 무언가를 먹고 영양을 취하는 것처럼, 혼에게도

혼의 먹거리가 필요하다.

그 사고는 옛날에 엄마들의 스승이었던 다카마쓰 씨에게 배운 것인데, 지금도 옳다고 생각한다.

만약 혼이 아무것도 먹지 못하거나 나쁜 먹거리로 꽉 차 있다면, 결국 인간을 움직이는 한 축인 몸이 망가진다.

혼이 더러워지면, 이건 그냥 이미지지만, 인간의 몸 옆에 있는 또 하나의 투명한 몸이 더러워지기 시작한다. 그 더러움이 진짜 인간의 몸에 투사될 때까지 조금 시간이 걸리기 때문에, 다들 병의 원인을 모르겠다고 하는 것이다. 내 눈에는 가끔 그런 상태가 보이는 듯하다. 인과 관계가 너무나 노골적이어서 겁이 날 정도로 분명하게 보인다. 병에 걸리는 것은 혼으로 이루어진 그 몸과 진짜 몸 사이에 갭이 크게 벌어질 때라고 생각한다.

사가는 대체로, 더없이 깨끗한 상태였다. 말과 행동과 혼이 원하는 것이 거의 일치하기 때문에 그럴 수 있고, 그런 인간은 좀처럼 없다.

사가가 남자 기숙사에 들어가 자기만의 세계를 만들기 시작하고 나는 아파트에 살게 되면서, 그렇게 오래 떨어져 지낸 적이 없던 나는 외로움을 견디지 못해 한동안 아무것도 먹을 수 없었다.

몸이 음식을 받아들이지 않았다. 수프도 쿠키도, 입에 대기만 해도 구역질이 나고 토했다. 소금 뿌린 토마토만, 겨우 먹을 수 있었다.

그랬더니 내 눈과 혀가 점점 맛있는 토마토를 원하기 시작했다.

그래서 큰마음 먹고 값비싼 고치 지방의 프루트토마토를 인터넷으로 주문해 매일 먹었다. 다른 음식은 먹지 못하니까 비싸도 상관없었다.

그러다 오줌과 피부에서 토마토 냄새가 났고, 더 심해지면 어쩌나 할 즈음, 불현듯 아이디어가 떠올라 토마토에 소금 간만 해서 토마토 수프를 만들었다. 몸이 그럭저럭 받아들였고, 따뜻한 것을 먹은 덕분에 점차 회복되었다.

너무 기뻐 토마토에게 감사의 말을 전하려고, 사가를 졸라 고치까지 다녀왔을 정도다. 농원 사람들도 놀라움을 감추지 못했다. 우리 토마토에게 고맙다는 말을 하러 직접 온 사람은 없었어요, 엽서나 카드는 자주 받았지만, 하면서. 조그맣고 탱글탱글한 프루트토마토가 서로에게 몸을 기대듯 올망졸망 가지에 매달려 있었다. 나는 고맙다고 말하고 살며시 키스했다. 그러자 토마토도 좋아해 주었다, 그런 기분이 들었다.

고치는 처음 가 본 곳, 한없이 파란 하늘과 대지가 지닌 낙천적인 성질이 토마토를 통해 내게 힘을 전해 주었다는 걸, 그때 처음 깨달았다.

농원 아저씨가 우리에게 프루트토마토를 한 상자 선물로 주어, 호텔에서 라벤더 향 소금을 뿌려 먹었다.

먹을거리인데 기체 같은, 그런 황홀한 맛이 났다.

나는 음식이란 기체에 가까울수록 맛있다고 생각한다. 빵을 좋아하는 사가는 그 생각을 비웃는다. 버터를 그렇게 듬뿍 바르는데 어떻게 기체가 될 수 있겠어, 하면서. 하지만 그렇지 않다. 똑같이 버터를 듬뿍 발라도, 기체 같은 빵이 있다. 가루로 만들어서, 색이 하야니까? 그런 이유가 아니다. 그는 기체 같다는 건 몸에 좋다는 거 아니야? 하고 말하고, 나는 아니라고 하면서 고개를 젓는다. 언제나 뭐라 설명을 잘 못 한다.

토마토에게 고맙다는 인사를 하고 돌아왔더니, 나도 모르게 혼자 사는 생활이 좋아졌다.

처음에는 나를 혼자 둔 사가가 원망스러워 훌쩍거렸지만, 사실은 사가뿐만 아니라 내게도 혼자만의 시간이 필요했다는 걸 알게 되었다.

사가가 한 말은 그 올곧은 사고방식 덕분에, 마지막에는 대개 멋진 결과를 가져다준다.

아무 망설임 없이 고치에 함께 가 주었을 때, 사가에게 나를 혼자 둔 것에 대한 죄책감이 없다는 걸 알고 오히려 기뻤다. 나와 함께 지내지 않는 시간을 좋은 방향으로 이끌어 가기 위해, 그렇게 될 때까지 내 옆을 지키면서 기다리겠다고 다짐한 거였네, 하는 생각이 들었다.

그리고 사가는 매일 만나러 왔다. 이곳에서의 생활, 어쩜 이리도 단순할까. 그렇게 여겨지고, 행복을 느끼는 순간이 조금씩 늘어났다.

엄마들은 끝내 죽음을 선택했지만, 나와 사가는 살아 주기를 바랐다.

엄마들의 그 소망이, 내가 나락으로 떨어지지 않도록 끝까지 지켜 주었던 것 같다.

우리는 평생 그런 엄마들을 추모하며 살아가도록 운명이 정해져, 지금 이 장소에 있다.

우리 엄마와 사가의 엄마는, 브라질에서 온 신비주의자 다카마쓰 시로의 사상에 깊이 빠진 동지였다.

다카마쓰 시로는 브라질 이민 3세였다. 젊었을 때부터 상파울로 교외에서 농원과 일식 레스토랑을 운영하다가 삼십 대에 전 재산을 다른 사람에게 넘기고 여행을 떠났다. 그리고 각국에 있는 여러 마스터의 배움을 찾아 세계를 돌아다닌 후에 일본으로 귀국했다.

외아들인데 연로한 어머니가 병으로 쓰러진 바람에, 간병하기 위해 돌아올 수밖에 없었던 것이다.

그는 집에서 지내면서 어머니가 돌아가실 때까지 책을 썼다. 긴 세월 그가 브라질과 세계 각국을 떠다니면서 실천해 온 삶의 방식과 사상에 관한 책이었다.

여행지에서 하룻밤의 연애로 사가를 잉태해 싱글 맘이 된 사가의 엄마는 다카마쓰 씨의 책에 담긴 사상과 요법을 실천해 췌장암이 호전되었다. 그 일을 계기로 다카마쓰 씨에게 심취해 몇 번이나 만나러 갔다. 두 사람은 마침내 사랑에 빠졌고, 도쿄에 있는 다카마쓰 씨의 집에서 사가와 함께 살게 되었다.

한편 우리 엄마는 미인이었지만 지나치게 예민한 데다

곱게 자란 탓에 아무것도 하지 못하는 사람이었다.

당시 아빠는 특이한 정신세계에 관한 책을 주로 내는 출판사의 편집자였다. 그런 아빠를 놓고 반대가 심해서 집을 뛰쳐나온 후로는 집 안의 지원을 한 푼도 못 받는 상태가 되었다. 사내아이를 낳으면 가계를 이을 후계자로 받아들일 수도 있다고 했던 할아버지 할머니와의 유일한 관계도, 내가 태어나는 바람에 완전히 끊기고 말았다. 히피가 되어 집을 나간 딸자식으로 치부되어 내쫓기고 만 것이다.

아빠가 교통사고로 돌아가신 다음, 엄마는 홀몸으로 나를 키웠다.

그러나 세상 물정에 어두워 정신적으로 고달팠고, 경제적으로도 막막한 나머지 결국 나를 데리고 다카마쓰 씨에게 신세를 지게 되었다. 아빠가 생전에 다카마쓰 씨와 친했기 때문에 엄마는 다카마쓰 씨와 모든 것을 의논하곤 했다.

사가의 엄마가 나이는 조금 많았지만 둘은 거의 친구나 마찬가지였기 때문에, 동거라는 대담한 형태가 자연스럽게 성립했을 것이다.

그리고 그 두 여자가, 주위에 떠돌았던 나쁜 소문처럼 다카마쓰 씨의 연인이었나 하면 전혀 그렇지 않았다. 다카마쓰 씨의 연인은 줄곧 사가의 엄마뿐이었다.

　아빠를 기억하지 못하는 나는 다카마쓰 씨를 무척 따랐다. 차라리 엄마랑 연애를 했으면 좋겠다고 생각했을 정도다. 어린 마음에, 그렇게 하면 모두가 정말 가족이 될 수 있는 줄 알았다. 그렇게 말했다가 어른들의 웃음을 샀던 일도 기억하고 있다.

　그는 가무잡잡하고 농사일로 단련된 탄탄한 몸집에, 까만 눈이 언제나 반짝반짝 빛나는 조용한 사람이었다. 사가의 엄마를 존중하고, 우리 엄마를 딸처럼, 나와 사가를 손자처럼 사랑해 주었다.

　다카마쓰 씨는 그 카리스마에 비해 욕구가 희박했고, 단것을 좋아한다는 결점 외에는 탐욕스러운 구석이 전혀 없었다.

　차분하게 글을 쓰거나 밭일을 하며 지내는 소박한 생활을 좋아했고, 엄마와 내가 아무리 무방비한 모습으로 있어도 야릇한 눈길로 쳐다보지 않았다.

　다만, 그 세 어른의 성실함과 순수함과 궁핍함이 섞인

라이프 스타일이 날로 좁아지고 극단으로 치달으리란 것은 명백한 일이었다.

사가는 어렸을 때는 엄마를 빼앗겼다 생각해서 그를 좋아하지 않은 듯하지만, 나는 그렇지 않았다.

다카마쓰 씨에게는 마음을 느긋하게 풀어 주는 티끌 없는 친절함과 열정이 있었다.

그가 보살피던 모든 식물처럼, 나도 엄마도 그에게 마음을 활짝 열고 맡겼다. 세 사람은 좁은 곳에서 많은 식물을 키우는 방법을 궁리하는 데 점점 더 빠져들었다.

마침내 다카마쓰 씨는 지인이 애리조나에서 선물로 가져다준 소나무 열매 크림을 제 손으로 직접 만든 일을 계기로, 북미에 살고 싶어 했다. 더욱 관계가 깊어진 그들은 꿈을 하나로 모았다. 다카마쓰 씨의 집과 땅을 처분하고, 우리 아빠와 자신들의 묘를 마련하고는 다 같이 애리조나의 세도나로 가 살기 시작했다. 비자 문제는 어떻게 해결했는지, 우리의 여권에 유효 기간이 남아 있었는지, 자세한 것은 잘 모른다. 간혹 누군가가 일본으로 간다면서 일상에서 빠지곤 했으니까, 할인 항공권으로 오가면서 간신히 무마하고 있었는지도 모른다. 이제는 아무도 남아 있지 않고, 서류도 대부분 처리해 버려 그런 점은 아직도 수수께끼다.

다카마쓰 씨의 먼 친척이 세도나에서 조그만 게스트 하우스를 운영하고 있었고, 우리는 그 주방 뒤에 있는 빈방에 얹혀살았다.

그 대신, 우리 엄마와 사가의 엄마는 게스트 하우스에 속한 일식 레스토랑 일을 거들었다. 그 레스토랑은 게스트 하우스에 숙박하지 않는 손님도 받았기 때문에 멀리서도 차를 몰고 찾아오는 손님이 있었고, 맛도 좋아 상당히 장사가 잘되었다.

다만 다카마쓰 씨가 계속 앓으면서도 어르고 달래 안정된 상태라고 믿었던 위암이 갑자기 악화되어 위독해졌을 즈음, 사가의 엄마도 재발된 암이 뼈로 전이되어 치료를 해도 가망이 없는 상태에 놓였다.

사가의 엄마는 그와 함께 이 세상을 떠나기로 결심했다. 그리고 그런 결심에 계속 반대했던 다카마쓰 씨가 죽던 날, 뜻했던 대로 스스로 목숨을 끊었다.

그리고 얼마 후에, 두 사람을 먼저 저세상으로 보낸 우리 엄마도 스스로 이 세상을 등졌다.

그들은 아주 진지하게, 강한 의지가 있으면 죽은 후에 죽음과 삶의 중간 세계에 갈 수 있다고 얘기하곤 했다. 그곳에는 영원한 삶과 부족함이 없고 자유로운 장소가 있다며, 다 같이 거기에서 살 수 있기를 간절히 바랐다.

지금 돌이켜 보니, 카를로스 카스타네다와 고대 멕시코 사상에서 큰 영향을 받지 않았을까 싶다.

사가의 엄마는 심한 통증 탓에 마음이 약해진 나머지, 자기는 이제 죽지만 사가를 남겨 두고 가자니 발길이 떨어지지 않는다, 그곳에서 모두 함께 만나고 싶으니 사가도 데리고 갈까, 하는 소리를 한 적이 있다.

그 말을 들은 나는 엉엉 울면서 사가와 떨어질 수 없다고 저항했다.

우리 엄마 역시 갑작스럽게 악화된 두 사람 병의 무게에 짓눌려 피폐하고 실의에 빠져 있었지만, 아이를 데리고 가는 데에는 결사반대했다.

그래서 힘을 얻은 나는 말했다.

"사가는 아직 어리잖아요. 어른들은 죽어 가고 있을지 몰라도, 사가는 아직 어리다고요. 살아갈 날이 더 많다고요. 사가는 내가 평생 책임지고 동생으로 키울 테니까, 제

발 살려 줘요."

나는 사가의 손을 잡고, 물병과 토르티야 칩을 들고 내 방으로 들어가 안에서 문을 잠그고, 사가를 계속 꼭 껴안고 있었다.

갓난아기처럼 보드랍고 따스하고 어린 사가는, 울지도 않은 채 나를 물끄러미 쳐다보았다. 마치 부모처럼 말하는 나의 강한 의지에 압도되었는지, 엄마가 죽어 가 절망한 나머지 아무것도 느끼지 못하는 척했는지.

사가의 엄마는 수술도 할 수 없는 상태였다. 항암 치료를 하고 싶은 마음도 없으니 지인이 운영하는 호스피스에 들어가겠노라고 하더니, 어차피 죽을 다카마쓰 씨와 시간을 맞추겠다고 고집을 부렸다. 그 말을 듣고 엄마는 울면서 찬성했다.

나는 말도 안 된다고 생각했다. 이 사람들 이상하다, 하고.

다카마쓰 씨는 더더욱 말도 안 된다고 했다.

당신이 나를 뒤따르면, 내가 내 죽음에 죄책감을 갖게 된다. 물론 치료를 거부하고 연인을 따라 죽을 자유는 있지만, 어떻게든 마지막까지 힘을 내서 살아 달라. 힘들어 말도 하기 어려웠을 텐데, 다카마쓰 씨는 아픈 내색도 않고 분명하게 말했다.

나는 그때 일을 생각하면, 언제나 나 자신의 매몰찬 마음에 소스라친다.

마음에 선을 긋고, 그들의 슬픔이 스미지 않게 했다. 마음을 닫고 있어서, 그즈음의 일은 기계처럼 기억할 뿐이다. 살다 보면 온갖 장면이 있으니까, 그분인 것처럼 행세했다.

그렇게 힘겨우면, 유일하게 의지하던 사람이 죽는 게 견디기 어렵다면, 다 같이 죽으면 되는 일, 그러나 나와 사가는 살고 싶으니까 똑같이 취급하지 마. 매몰차게 그렇게 생각했다. 그것이 내가 할 수 있는 최대한의 주장이며 저항이었다.

참 어리석고 가여웠다, 그 무렵의 나.

오직 사가 하나만 지키기도 벅찼던, 어린 나.

이러니저러니 해도 부모는 절대 자식을 남겨 두고 죽지 않는다, 오히려 영원히 사는 존재다. 마음 한구석으로 그렇게 믿었던 나를, 정신이 피폐해졌던 엄마는 얼마나 가엾게 여겼을까.

그다음 벌어진 일은, 행복한 축제의 나날의 끝이었으며, 거의 악몽의 연속이었다.

다카마쓰 씨가 죽던 날, 사가의 엄마는 병실에서 목을 매었다. 장소가 병원이었던 만큼 신속하게 다양한 조치가 취해졌지만, 그대로 숨을 거뒀다.

사가 앞으로 짧고 담담한 편지만을 남기고.

사가는 한동안 감정을 싹 잃어버린 채, 멍한 상태로 내게 들러붙어 생활했다.

사가의 부모여야 한다고 각오했던 나 또한 감정을 잃고 말없이 그 옆에 있었다. 사가 엄마를 떠올리면, 정신이 아득해질 것 같았다. 하물며 우리에게 큰 존재였던 다카마쓰 씨가 없는 생활의 밋밋함을 메울 방법은, 어린아이였기에 더욱이 없었다. 그저 받아들이고 견디는 수밖에 없지, 그 같은 사람은 달리 없으니까. 그런 식이었다.

꼭 안아 주고 위로하는, 그래서 해결될 수준의 일이 아니었다. 죽은 사람들의 얼굴이 아무리 평온했어도, 남은 사람들에게는 그저 괴롭고 힘겨운 나날이었다. 외롭다는 말에 그칠 수 있는 날들이 아니었다. 캄캄한 애리조나의 밤, 무수한 별 아래서, 몸이 삐걱거리고 찢어지는 듯한 느낌이었다.

우리 엄마는 한동안은 혼자서 기를 쓰고 우리를 키웠지만, 점차 인간관계와 일에서 오는 피로감에 지쳤고, 그렇다고 일본으로 돌아가도 갈 곳이 없다는 절망감에 누워만 지내게 되었다.

우리가 어언 십 대가 되어 갈 무렵이었다. 엄마는 병석에 누워서도 어떻게든 우리를 일본으로 보내기 위해 그러모은 돈을 남기고, 지인의 집에서 몰래 들고 나온 총으로 생을 마감했다.

어려서, 울고 매달려도 현장은 볼 수 없었다.

죽은 엄마의 발밖에 보지 못했다. 발은 여느 때의 엄마 발이었다. 생채기 하나 없고, 색깔도 나쁘지 않고, 그냥 자고 있을 때의 엄마 발.

발가락이 길고, 늘 맨발이었지만 요정처럼 예뻤던 그 모양.

누워서 쭉 뻗어 가지런히 모은 발, 그 모습은 내가 아는 갖가지 아름다운 것들 중에서도 상당히 높은 자리에 있었는데.

자살, 정말 불길한 말이라고 생각한다. 구원이 전혀

없다.

한꺼번에 여러 죽음을 본 나와 사가는, 가능하면 그대로 조용히 애리조나에 있고 싶었다.

그러나 집도 없었고, 아직 미성년이라 사회적 위치도 불안정했고, 지인의 집에 한없이 눌러 있을 수도 없었고, 완전한 비자도 없었고, 호적도 여전히 일본에 있었다. 그러다 소식을 들은 친척이 마지못해 데리러 온 바람에, 어쩔 수 없이 일본으로 돌아왔다.

어른들이 남기고 간 돈과 양가 친척들의 도움으로, 사가는 지금 살고 있는 기숙사와 일할 수 있는 빵 공장, 가게가 함께 있는 시설에 들어가고, 나는 유치원에서 대학까지 있는 기숙사형 학교에 다니다 지금 다니는 대학에 진학했다.

우리를 데리러 온 친척은 조금 떨어진 곳에 살고 있지만, 만나는 일은 없다.

학자금 대출을 받든 어떻게든 해서든 돈을 마련할 테니까 같이 학교에 가서 공부하자고 했지만, 사가는 조금이라도 빨리 일하고 싶고, 몸을 움직이고 싶고, 어른이 되고 싶다고 했다. 그러고는 중학교를 졸업하자마자 바로 봉사

새들

활동을 거쳐 실제로 일을 하기 시작했다. 처음에는 신문을 배달하는 한편, 기계 부품을 만들거나 인쇄물을 정리하는 공장에서 아르바이트를 했다. 그다음에 빵 가게 프로젝트가 시작된 후로는 물 만난 고기처럼 연수, 실습 기간까지 거쳐 지금의 빵 전문가로 성장했다.

게다가 몸을 놀리는 덕분에 체구도 어른스러워졌다. 날로 힘도 세져서, 듬직하다.

이제 내 손이 닿지 않는 존재라는 기분이 들 때도 있다. 원래 빈약했던 그의 몸은 우람해지거나 커지지는 않아도, 눈에 띄게 탄탄해지고 지구력도 좋아졌다. 어렸을 때 건강에 좋은 식사를 했으니 바탕은 잘 다져져 있는 것이리라.

그리고 빵을 만드는 일을 시작하고부터는 몸에 어울리지 않게 팔 근육만 발달했다. 내 눈에는 그 불균형마저 사랑스러웠지만, '뭘 하면서 사는 사람인지 모를' 그의 분위기는 더욱 부각되었다.

작은 키에 호리호리한 몸, 예쁘게 생긴 얼굴, 때로 어렸을 때 버릇이 도져 구부정해지는 등, 그런데 팔만 커다래서 왠지 정체를 알 수 없는 느낌이 든다.

그날 사가는 자고 갈 수 없어서, 나 혼자 집으로 돌아 갔다.

나는 원룸의 갑갑함을 좋아하지 않아, 굳이 사가가 사는 남자 기숙사만큼이나 허름한 아파트에 살고 있다. 돈도 절약되고, 햇볕도 잘 드는 데다 바람도 잘 통한다. 문틈이 벌어진 데가 많아 난방도 냉방도 제 구실을 못 했지만, 추우면 옷을 더 입든지 자 버리면 그만이다. 더우면 몇 번이든 샤워를 하면 된다.

그래도 방범상의 이유로 1층을 피해 2층을 택했다.

나는 베란다에 조그맣게 허브 밭을 만들어 로즈마리와 민트, 차이브와 산초, 자소, 가끔은 토마토나 가지, 여주, 오이, 감자, 단호박 등, 아무튼 키울 수 있는 것을 쉬지 않고 키운다. 가을과 겨울에는 들여놓은 식물로 집 안이 꽉 찬다. 대신 가구는 하나도 없다. 문짝이 잘 맞지 않아 바람이 불면 유리창이 덜컹거린다.

현관의 신발장 위에는 다카마쓰 씨와 두 엄마, 그리고 우리가 함께 찍은 사진이 놓여 있다.

세도나의 에어포트 메사 바위 위에서 나란히 찍은 사진이다.

바위에는 빛이 아름답게 비치고, 우리 모두는 꿈을 꾸는 것처럼 웃는 얼굴이다.

나는 그 사진을 향해 다녀왔다고 말하고, 그쪽 세계에서 원하던 곳에 무사히 도착했기를, 꽃밭 같은 곳에 있기를, 하고 조그맣게 소리 내어 기도한다.

잘 모르는 아빠를 위해서도 기도한다. 아빠와 엄마 사진은 그 옆에 놓여 있다. 하얗고 단출한 옷을 입은 두 사람의 결혼식 사진이다. 물론 집안의 반대를 물리치고 떠났던, 두 사람밖에 없는.

깨끗한 물을 바치고, 향을 피우고, 잠시 그들을 생각한다.

섀스타에서 즐거웠던 시간들, 그리고 샌프란시스코와세도나에서 지냈던 나날을 생각한다.

쉬는 날이면 남아서 가져온 참치를 간장물에 살짝 절여서 생선 초밥을 만들었다. 매일 마당 청소를 했다. 레스토랑에서는 접시 씻는 일을 도왔다.

그리고 너무도 아름다웠던, 하얗게 눈 쌓인 아침의 섀스타산을 생각한다. 산 그림자가 비친 호수의 투명한 물은 맑고 아련한 색으로 흔들렸다. 나무나 산보다 훨씬 더 아름다워 손 닿지 않는 신성한 기척을 띠고.

세도나에 정착하기 전 섀스타에서 잠시 방을 빌려 살 때, 다 같이 하트레이크에 가려고 산길을 올라가다가 전혀 모르는 할아버지의 목소리를 들은 적이 있다.

"내 집에 누가 발을 들여놓았느냐."

화가 난 목소리였다.

사방을 돌아보았지만 인기척은 없었고 다른 사람은 아무도 그 소리를 듣지 못해서, 나는 가슴이 콩닥거렸다. 그리고 마음속으로 말했다.

"일본에서 왔어요. 죄송합니다. 그냥 산책하는 거예요."

새파란 하늘과, 흙 위를 기듯 낮게 땅을 뒤덮은 마른 초록색 풀과, 빼곡하게 자란 주니퍼가 가지를 뒤틀고 있는 그 공간 속에서, 불현듯 기척이 퍼지면서 거대한 바위산이 대답했다.

"호오, 그랬군. 어서 와요, 어서 와. 편히 지내다 가게나."

아아, 여기 살았던 할아버지들의 영혼이 하나가 되어 아직도 여기 있구나, 하고 나는 생각했다.

그 넉넉한 마음과 따스한 목소리, 내 모든 것을 한없이 받아들이며 환영해 주는 느낌에 가슴이 뭉클해지면

새들

서, 절로 눈물이 흘러나왔다. 거기에는 역사상의 모든 할아버지와 아버지의 가장 자애롭고 넉넉한 부분의 정수가 꼭꼭 담겨 있었다. 지금껏 그 어떤 인간도 그렇게 대해 준 적이 없을 만큼, 그렇게 자애로웠다.

앞에서 총총 뛰어가던 사가가 그런 내 모습을 알아차리고 물었다.

"어? 왜 갑자기 표정이 변했어? 누가 친절하게 해 줬어?"

사가는 예전부터 감이 좋다.

"응, 이 장소가 우리를 받아 주었다는 걸 알았어. 이곳을 좋아하게 될 것 같아."

"고맙다고 해."

고마워, 하고 소리 내어 말하고는 어린 마음에도, 왜 인간은 이렇지 않을까, 왜 그렇게 편협한 것일까, 하고 절실하게 생각했다.

자연의 세계는 있는 그대로의 정보를 고스란히 전달하면 그 나름의 결과가 생기는 곳이었다. 적어도 나는 그렇게 생각했다.

그러나 같은 시기에 애리조나에서는, 어른이 자기 집

에 무단으로 들어온 아이를 총으로 쏘아 죽였다.

그 대비가 인간의 마음이 얼마나 좁고 사악해질 수 있는지를 내 어린 마음에 새겨 놓았다.

지금도 그 느낌은 변하지 않았다.

점점 망가져 가는 엄마와, 그리고 어이없을 만큼 보수적이고 편협한 일부 애리조나 사람들, 그 후에는 돈이 없으면 인간 취급을 하지 않는 일본 사람들과, 부모 없는 우리를 보는 흥미 본위의 시선, 그다지 귀엽지도 않고 돈도 없는 우리에게 이내 거리를 두는 친척들을 접하면서, 오히려 점차 견고해졌다.

나는 집에 돌아오면 늘 먼저 물을 끓여 차를 우리는데, 그날은 홍차를 너무 많이 마셔서 배가 불룩했던 탓에, 그리고 실제로 배를 보니 배꼽 언저리가 튀어나올 정도로 액체가 가득 들어 있는 것만 같아, 그만두었다.

그리고 커튼을 닫고 바닥에 철퍼덕 앉았다.

오늘도 애썼고, 이제야 혼자가 되었다.

창가의 재스민 이파리를 보고 있자니 왠지 눈물이 줄줄 흘러, 한동안 울었다.

그런 일이 종종 있다. 눈물이 고이고, 가슴이 벅차오른다.

마치 성욕처럼, 울고 싶은 심정이 쌓인다.

지금까지 본 슬픈 것, 행복했던 장면, 서 있는 사가의 모습, 그런 영상이 쌓이고 쌓여, 풀 길 없는 감정이 넘쳐 흐른다. 삶이 버거운 나, 모든 이들의 인생에서 일정한 거리를 두고 비켜나 있는 나, 그렇다는 걸 인식하고 마는 나약함까지 갖고 있다.

사가 역시 오래전부터 그걸 알기에, 그렇게 내 뒤를 쫓아다니고 필요 이상 의연하게 서 있는 것이라고 생각하면, 점점 더 눈물이 흐른다.

이런 때 엄마나 사가의 엄마 혹은 다카마쓰 씨가 살아 있었다면, 하고 나는 생각했다. 기억에 없는 아빠지만, 아빠도 만나고 싶었다. 내 주위에 있던 어른들은 모두 이 세상을 살아가기에는 너무 좋은 사람들이라 죽고 만 것처럼 느껴졌다.

옛날처럼, 살짝 튀긴 어린 케일 잎을 바구니에 수북하게 담아 소금만 뿌려서, 다 같이 모여 와글와글 떠들면서 게걸스럽게 먹고 싶었다.

케일은 다카마쓰 씨가 무척 좋아했던 잎채소. 사가의 엄마는 시장에서 싱싱한 케일을 보면 꼭 사 들고 돌아와 바삭하게 튀겨 주었다. 그 흥겨운 분위기와 어른들이 울타리가 되어 주는 공간의 여유로움을 다시 한번 만끽하고 싶었다.

우리는 그런 가족이었다. 조금은 불완전했지만, 흔들림 없이 함께였고, 즐거웠다.

그래서 지금의 우리에게는 갈 곳이 없다. 고향이라고 할 수 있을 만큼 이곳에 정들지도 않았고, 세도나에는 돌아가고 싶어도 아직 돌아갈 수 없다. 아니, 지금의 세도나로 돌아가고 싶은 게 아니라 그 시절로 돌아가고 싶은 건지도 모른다. 하지만 그 일에 대해서는 절대 깊이 생각지 않으려 한다.

갈 곳이 확실하게 있는 사람은, 실제로는 거의 없을 테니까.

그러나 자기가 자신 속에 쏙 들어가 있는 사람은 있다. 마치 시간의 흐름이 그 사람 편인 것처럼 우아해 보이는 사람. 나는 시간이 얼마나 걸리든, 그런 존재를 지향하려 한다.

새들

"다들 마코가 연기에 재능이 있다는 건 알고, 주역이라는 것도 아는데, 내가 그다음 자리라는 건 용납이 안 되나 봐. 얼마나 깐죽거리는지, 나 스트레스 엄청 받아."

학생 식당에서 같이 밥을 먹으면서 미사코가 말했다.

깨끗한 플라스틱 용기, 소복하게 담긴 밥. 그걸 볼 때마다 나는 축복받았다고 생각한다. 학생 식당은 꿈만 같은 곳이라고 생각한다. 이렇게 맛있는 밥을 매일 싸게 먹을 수 있다니.

"용납을 못하다니, 누가?"

"미즈노 선배랑 그 무리. 안 좋은 소문도 퍼뜨리고."

미사코가 말했다. 눈 밑이 거뭇거뭇하다.

"미사코는 나랑 달라서 사교적이고 아는 사람도 많으니까, 그런 사람들과도 관계하게 되는구나. 미즈노 선배, 4학년이지만 올해도 무대에 오르고 싶지 않았을까.

이번에는 웬일로 미사코 네가 하고 싶다고 자진해서 나섰고, 모두가 그걸 자연스럽게 승인했는데, 올해 연극이 유난히 등장인물이 적었잖아……. 그러니까, 어쩔 수 없지 뭐.

그런 사람은 어디에든 있어. 미국에도 많았어. 우리 엄마도 그런 스트레스 때문에 자살했어."

나는 아무렇지 않게 말했다.

미사코가 눈을 크게 떴다.

"미안해. 내가 어린애처럼 투정을 부렸나 보다."

"사과할 거 없어. 그런 거, 어떤 날에는 죽고 싶을 정도로 짜증 나는 일이라는 말일 뿐이니까."

내가 말했다.

"그렇다고 자살하면 안 돼. 그런 기분이 들면 언제든 우리 집으로 달려오고. 밤중이라도 괜찮으니까."

"안 해, 그깟 소문 때문에. 네가 주역이고, 스에나가 교수랑 친한 데다 스에나가 교수의 뮤즈라는 게 마음에 안 들어서 질투하는 거지 뭐. 하지만 무슨 일이 있든 어차피 마코는 요지부동일 테니까, 내가 이 문제의 유일한 돌파구였던 거겠지."

미사코가 말했다.

큼지막한 창문으로 환한 빛이 쏟아졌다. 죽 늘어선 길쭉한 테이블에 수많은 사람들이 앉아, 제각각 밥을 먹고 있다.

학생 식당이 있는, 이 수도원 같은 분위기의 해묵은

건물을 좋아한다. 옛날에 유명한 건축가가 지은 덕분에, 학교 건물을 허물고 새로 지을 때도 그대로 보존된 건물이다. 바닥은 금이 갔고 창틀도 녹슬었지만, 그래도 무척 아름답다. 방학 때면 조금씩 보수를 해서 그런대로 원형을 유지하고 있다고 한다.

"나는 혼자 있는 거, 아무렇지도 않아. 오히려 좋아해. 게다가, 세상에는 정당하게 시비를 거는 사람, 많지 않으니까……."

내가 말했다.

"그래서, 살아가기가 쉽지 않지만."

"나는 마코 너만큼 강하지 않아. 그래도 무대에서 시를 읊는 건 즐거워. 그러니까 굴하지 않을 거야. 여배우가 되고 싶은 마음은 없어도, 옛날부터 낭독하는 건 좋아했고. 시설을 찾아다니면서 낭독 봉사를 했을 정도로. 그래서 이번 연극, 내게 맞겠다 싶어서 자원했던 거야. 후회는 없어."

마음이 고운 미사코는 그렇게 말하고 웃었다.

그래서 나도 미소로 답했다. 우리 사이에 그 연극이 있어서, 이렇게 미소를 주고받을 때마다 연대감이 조금씩 견고해졌다.

일본에 돌아온 후, 강하다는 말을 몇 번이나 들었던가.

하지만, 당연한 일이라고 생각한다. 또래 사람들이 경험하지 못한 많은 것을 경험했으니까. 때로는 이런 상상을 한다. 어른이 되면 될수록, 다른 사람들의 경험도 늘어갈 것이다. 그러다 경험치가 비슷해지면, 굳이 말하지 않아도 통하는 친구도 생기지 않을까.

실제로 이렇게 미소를 주고받을 수 있는 친구가 생겨 조금씩 그렇게 되어 가고 있으니, 아직 갈 길이 멀지만 조금은 기대가 된다.

"그래, 지금은 무대만 생각하자. 우리도 내년이면 4학년이야. 축제에 올인하는 것도 올해로 끝이잖아."

"난 무대에 선 마코 모습이 좋더라. 스에나가 교수가 쓴 각본으로 마코가 연기하는 거 이번이 두 번째지만, 매번 멋지다고 생각했어. 지금은 지금밖에 없으니까, 순간이여 달아나지 마라, 무대여 끝나지 마라, 이 사람의 힘을 더 보고 싶으니까. 그렇게 생각해, 순수하게.

그러니까, 가능하면 앞으로도 연기를 계속했으면 좋겠어. 물론 운명적으로 사람 앞에 서야 하는 사람은 타인의 좋지 않은 감정을 사기도 하지만, 그걸 개의치 않으니 그럴 수 있는 거라고 생각해. 재능이란 그런 거 아니겠어."

"내가 과연 그럴 수 있을지. 하지만 할 수 있는 데까지는 하고 싶어. 그러나 이렇게 적당히 해서 가능하리만큼 세상이 녹록지 않다는 것도 알아."

내가 말했다.

"하다 보면 적당 선을 넘어설 수도 있잖아. 마코 너는 많은 사람들의 마음을 움직일 수 있는 목소리와 몸을 갖고 있어."

미사코가 말했다.

언제나 낙관적인 미사코의 말은 내 마음을 든든하게 해 준다.

세상도 사람도 그렇게 녹록지 않다.

조금이라도 녹록했다면 지금쯤 부모들은 모두 살아서, 세도나나 나가노나 홋카이도나…… 아무튼 어떤 장소에서 평화롭고 소박하게 밭을 일구고 있을 것이다. 일찌감치 결혼한 나와 사가는 아이를 다섯쯤 낳고, 그 아이들을 데리고 그들을 만나러 가거나 근처에서 살고 있을 것이다. 건설적인 일도 새로운 일도 유명해지는 일도 없지만, 평범한 일상 속에서 평범한 행복과 불행을 느끼며 살아가고 있을 것이다. 놀라우리만큼 평범하지만, 흔히 있는 미래상이었다. 나는 가끔, 정말 그렇게 되었다면 얼마나 좋았을까 하고 생각한다. 지금 바로 전철이나 비행기를 타고 '본가'에 갈 수 있다면 얼마나 좋을까. 나이 든 부모들이 아직 거기에 살아 있고, 가면 언제나 나와 사가와 아이들을 반겨 준다면.

그럴 수 없는 이유를 병이나 나약함, 돈 문제…… 그런 것들로 돌리고 싶은 생각은 없었다. 또한 인생에서 벌어지는 일은 그저 폭풍처럼 다가오는 것이라 저항할 수 없다는 생각도 하지 않았다.

다만 많은 일들이 겹쳐 뜻하지 않은 방향으로 흘러가는 일도 있으니, 자잘한 일까지 생각대로는 되지 않아 모든 게 힘겨웠을 뿐이다.

그래서, 조금은 바라고 있다.

아마추어로, 가능하면 무대에서 연기하고 싶다. 타인의 목소리와 모습을 빌려 나로부터 잠시나마 벗어나 편해지고 싶다. 편해진 모습 속에 다소나마 진실이 있다면, 내가 살아온 길이 그 안에 녹아들어 누군가에게 도움이 될 수 있다면, 그것으로 족하다.

그건 지금의 내게 몇 안 되는 확실한 바람이었다.

"사실 네 기도는 언제나 효과가 있다고 생각해. 왠지 모르겠지만 네게는, 특히 네 목소리에는 그런 힘이 있어. 그런 걸 재능이라고 하겠지. 물론 나를 비하하는 건 아니야. 나도 지금은 열심히 하는 일이 있고, 큰 힘은 없어도 계속해 기도하고 있어."

사가가 말했다.

"나는 정말 몸이 약했는데, 마코의 힘 덕에 목숨을 부지했다고 엄마가 늘 말했어. 그 말이 사실이겠지. 그 힘을 내가 아닌 사람에게 보이거나 주는 건 물론 샘나는 일이지만, 날아오르려는 새를 짓누르는 건 좋지 않은 일이고, 근본적으로 그럴 수도 없어. 모두가 그 목소리의 힘과 네가 주는 힘을 깨달았을 때, 모두가 너를 원할 때, 내가 기꺼이 널 내줄 수 있을지, 그건 아직 자신이 없지만."

육교 위에서 보니 드넓은 묘지는 마치 빌딩의 숲처럼 크고 작은 네모난 실루엣으로 가득했다.

"그렇지 않아. 네가 나를 특별히 좋게 봐서 그런 거지.

나 정도 재능을 가진 사람은 어디든 있어. 흔해 빠졌다 할 만큼. 그리고 훨씬 더 가혹한 경험을 한 사람도 많고. 난 그걸 겨루는 세계에도, 그런 사람들끼리의 연대에도 참가할 수 없으니까, 많은 사람들에게 뭘 주지는 못해. 할 수 있는 건 최선을 다해서 하겠지만, 다른 사람들이 다하는 최선에 비하면 새 발의 피야.

지키고 싶은 생활도 있고…… 앞으로도 너와는 잘해 나가고 싶으니까. 이건 무엇과도 바꿀 수 없는 내 마음이야. 너를 만날 수 없을 만큼 이리저리 옮겨 다니는 바쁜 생활은 조금도 바라지 않아. 넌 남자니까 아기에 대해서 잘 모르겠지만, 난 정말 젊었을 때 아이를 많이 갖고 싶어. 경제적으로 버거우면, 혼자서라도 낳고 싶어. 우리 둘을 넘어서 다시 팀이 되고 싶어. 그게 나의 가장 큰 바람이야.

게다가 너는 현장에 가서 기도하고 있잖아. 그게 얼마나 의미 있는 일이야. 너는 쉬는 날이면 엄마가 자란 동네에 가 보기도 하고, 엄마의 주특기였던 빵 만드는 일도 하고 있고, 다카마쓰 씨가 쓴 책을 다시 읽기도 하면서, 엄마가 하고 싶었지만 못했던 일을 꾸준히 하고 있어. 그 이상의 추모는 없을 거야. 얼마나 대단해.

나는 집에 있다가 어쩌다 문득 생각났을 때나 대충 추모할 뿐인데. 보고 싶다고 하면서 행복하게 지내길 바라고. 뇌의 화학 작용이나 금전적인 일로 고민하지 않기를, 다 같이 웃으면서 지내면 좋겠다고. 우리 아빠도 사가 아빠도 그 자리에 같이 있으면 좋겠다고.

그 세 사람의 연대는 특별했으니까, 적어도 세 사람은 환하게 웃었으면 좋겠다고. 그런 장면을 그려 봐. 뿌연 유리창 너머의 일로 여겨지는 날도 있지만, 눈부신 빛처럼 느껴지는 날도 있어. 어느 쪽이든, 똑같이 모두를 생각해. 최대한 웃는 모습으로 떠올리려고 해."

내가 말했다.

"요즘은 그렇게 너무 애쓰지 않는 게 가장 중요하다는 생각이 들어. 나는 너무 열심이었어. 있는 힘을 다해 기도하는 게 좋다고 믿었지. 머리가 아파 올 정도로, 관자놀이가 저릴 정도로. 그런데 그러면 아무것도 느낄 수 없어. 더 가볍게, 새처럼 바람을 타듯이 기도하는 편이 좋은데. 너는 언제나 자연스러워. 그래서 그렇게 말할 수 있는 거야. 겸손한 것도 아니라, 그냥 자연스러워."

사가가 말했다.

낡고 약간 누렇게 바랜 흰 티셔츠에 오래 입은 청바지, 바닥이 닳아빠진 퓨마 스니커즈. 너저분한 백팩. 유난히 반듯하고 짧아서 미용실이 아니라 이발소에서 잘랐단 걸 확실하게 알 수 있는 목덜미 머리칼. 앞머리만 축 늘어져 답답하다.

키가 작아서도 너무 말라서도 아니다.

사가의 겉모습이 너무도 볼품없어, 나는 슬프다.

사가가 자신을 소중하게 여기지 않는 것처럼 생각되기 때문이다.

"왜 내가 준 셔츠는 안 입어?"

"색이 너무 화려해서. 입고 있으면 왠지 불안해."

사가는 삐친 것처럼 말한다.

"빨간색이 제일 잘 어울리는데."

내가 말했다.

나는 사가가 어렸을 때 늘 입었던 빨간 티셔츠를 떠올렸다. 가슴에 그려진 케첩 병이 사가의 동글동글한 눈과 잘 어울렸다. 그는 아마도 그 티셔츠를 기억하지 못할 것이다. 그 정도로 어렸을 때다.

지금은 별로 튀지 않을 정도로 머리가 구불구불하지만, 어렸을 때는 파마를 한 것처럼 꼬불거렸다. 꼬불꼬불한 귀 뒷머리가 셔츠의 목덜미까지 내려와 있었다. 눈을 감으면 언제나 떠오르는, 그 빨강과 비슷한 색감의 빨간 셔츠를 나는 얼마 전 그의 생일에 선물했다.

"다음에 입고 올게. 그래도 성묘 갈 때는 빨간색이 좀 그렇잖아."

사가가 말했다.

그래, 하고 나는 말했다. 사가의 팔을 살짝 잡은 손에 힘을 주고 싶어진다.

육교 위로 바람이 세게 불어서 날려갈 듯하다. 저 멀리 보이는 비석의 숲에 정신이 아득해진다. 이대로 사라질 것만 같아, 확인하고 싶어진다. 손톱이 파고들 만큼 꽉 잡거나, 숨이 막힐 만큼 사가의 팔에 얼굴을 묻고 싶어진다.

하지만 그러지 않고, 묘지 안으로 들어갔다.

마음만은 아프리만큼 전해졌으리라고 생각한다. 사가는 슬픈 표정을 지었다. 내가 불안정한 기색을 보이면, 사가는 늘 슬픈 표정을 짓는다. 어떻게 전해지는 것일까 싶어 나는 숨이 갑갑하다.

견딜 수 없는 괴로움 정도는 내 마음대로 느끼게 해
줘, 하고.

네가 같이 무거워지면, 내 자유가 줄어든다고.

우리 부모는 아주 오래전에, 우리 집안의 조상이 잠든
무덤 바로 옆에다 다카마쓰 씨와 사가 엄마와 당신들이
묻힐 땅을 사 들였다. 그럴 만큼 네 사람의 사상적인 연대
가 강했던 것이리라.

꽃 가게 두 군데 중에서, 엄마가 늘 꽃다발과 향을 사
던 가게에서 우리도 똑같이 꽃다발과 향을 사고, 물통과
수세미와 빗자루와 쓰레받기를 빌려 들고, 가게 사람과
인사한다.

세대가 바뀌었을 뿐, 순서는 변하지 않았다.

왜 절 입구 양옆에 똑같은 걸 파는 가게가 있는지 알
수 없었다. 대놓고 경쟁적으로 장사한다는 느낌이 든다.
하지만, 그랬다. 옛날부터 그랬다. 그리고 엄마는 늘 왼쪽
가게에서 샀다. 엄마와 똑같이 행동하는 자신이 엄마의
유령처럼 생각된다.

사가는 후후 웃으면서 말했다.

"저쪽이 장사가 더 잘되는데. 결정적인 요인이 뭘까?"

"글쎄, 뭘까. 저쪽에서는 한 번도 안 사 봐서 모르겠어."

묘지 안에는 높은 건물이 없어서 바람이 잘 통한다.

사가와 함께 묘지 사이의 복잡한 길을 걸어, 모두의 무덤 앞에 섰다.

조그만 정사각형 비석에는, '다카마쓰 시로, 미쓰노 유코, 사가와 가즈오, 사가와 히토에, 여기 잠들다. 변함 없는 우정을 품고.'라고 새겨져 있다.

그들이 일본을 떠나기 전, 나는 얼굴도 기억 못하는 아빠의 뼈를 한발 앞서 여기에 묻고 세운 비석이었다. 아빠가 사가의 엄마와도 친하게 지냈는지는 지금 알 수 없지만, 이런 명분으로 같이 잠들어도 괜찮을까? 하고 생각하면, 그만 웃음 짓게 된다.

아빠도 천국에서 웃고 있으면 좋겠다고 생각하면서.

이름에는 뭔지 모를 결정적인 힘이 있다고 생각한다.

그 기호만으로 그들의 에센스가 엄숙하게, 생생하게 되살아난다. 우리에게는 다카마쓰 씨나 사가의 엄마나 우리 엄마 등, 익숙한 호칭이었던 존재가 한 인간이었다는 사실이 애틋하게 밀려온다.

어떤 심정으로 세웠을까, 언제 결정했을까, 여기 묻히기로. 매번 멍하게 그런 생각을 한다. 사가는 옆에 있는 사가와 집안의 무덤, 우리 조상의 비석을 수세미로 열심히 씻고 있다. 그 울룩불룩한 팔과 남의 집 비석을 정성껏 씻는 모습을 보고서 나는 한층 더 사가를 좋아하게 된다. 이렇게 좋아할 수 있다니, 그런 사람을 만난 기쁨과 언젠가는 잃는다는 슬픔으로 미칠 것 같다.

이런 지 정말 오래되었지, 하면서 나는 그 기적에 가슴이 뭉클해진다.

하지만 이 세상에 우리 둘밖에 없으니, 기적이 언제나 너무 가까이 있어서 머리가 이상해질 듯하다.

학교에서 옆자리에 앉았다가 만나서, 무작정 좋아하게 되고 싶었다.

"다카마쓰 씨, 그리고 사가 엄마, 사진으로만 아는 우리 아빠, 그리고 엄마. 그리고 우리 할아버지, 할머니, 조상님들. 모두 천국에서 언제나 행복하게, 좋은 향내 나는 꽃으로 둘러싸인 장소에 있기를 바랍니다. 그곳에서는 모든 소원이 바로 이루어지고, 아픔도 없고, 맛있는 걸 앞에 두었을 때처럼 행복함이 모두를 감싸고 있기를 바랍니다."

새들

나는 소리 내어 그렇게 말했다.

큰 소리는 아니어도, 그 울림이 그들에게 닿도록 한 마디 한 마디 또박또박.

말 그대로 상상하면 실제로 방긋거리는 모두의 얼굴이 떠오르니 참 신비롭다. 내 입가도 살짝 올라간다.

"거봐. 역시 너의 기도로 공기가 이렇게 맑아졌잖아."

사가는 눈을 약간 찡그린, 눈에 보이지 않는 것을 볼 때 짓는 특유의 표정으로 주위를 돌아보면서 부드럽게 말했다. 그는 어렸을 때부터, 사람이나 장소의 에너지가 보였다고 한다. 나는 그 말을 믿는다. 사가가 보인다고 하는 것들은 전부 틀림없이 그럴 거라고 여겨지는 무엇들이니까.

"네가 마음이 착해서 그런 거야."

나는 말했다.

사가는 밤중에 때로 발작 같은 걸 한다. 울다가 고통에 몸부림치면서 거의 숨을 못 쉬는 상태에 이른다.

그런 때, 그는 꾹 참고 견디는 수밖에 없다.

나는 옛날에 그랬던 것처럼 그의 등을 쓰다듬고 손을 꼭 잡아 주지만, 역시 그 내면의 폭풍이 지나가기를 기다리는 수밖에 없다. 그런 험한 일을 당했으니 당연하다고 생각한다. 견디는 길밖에 없다. 내 눈에 눈물이 고이는 것과 마찬가지다.

이렇게 힘겨운데도 역시 사는 편이 좋은 거야?

내가 울면서 간혹 그렇게 물으면, 사가는 그렇다고 대답한다. 쥐어뜯을 듯 머리를 긁어 대면서, 그래, 반드시 살아야 돼, 하고 말한다. 살아남은 우리마저 없어지면, 그 사람들의 무언가를 이 세상에 남길 수 있는 존재가 없어지는 거잖아. 그렇지 않다는 것만으로도 우리가 사는 가치는 있는 거야.

나는 그 말을 들으면, 벼랑 끝에 있는 것처럼 위태로운 심정인데도 한없이 안도한다.

온천에 들어가 온몸이 풀린 것처럼, 모든 것이 느슨해지고 입가에 미소가 감돈다.

매번 감동해서 나도 모르게, 이렇게 괴로워 보이는데도 살아간다는 거네, 하고 말한다.

응, 살아야지. 무엇보다 그냥 몸이 다른 거 없이 아직은 살고 싶다고 하니까, 그 때문에도 살아야지.

사가는 그렇게 말한다.

새들

너를 위해서 살고 싶다는 말은 절대 하지 않아, 서글프다.

이렇게 서로를 사랑하고 있는데.

사가와는 다른 형태로 나타날 뿐이다. 그렇게 생각하지만, 지금도 나는 끔찍한 악몽을 꾼다. 그 꿈을 꾸고 나면 한동안은 일상생활을 할 수 없을 정도로 경직되고 만다.

세도나에 가기가 무서운 것도 그 때문이었다.

다카마쓰 씨와 사가의 엄마는 우리 엄마와 다른 장소에서 죽었고, 죽은 이유도 조금씩 다르다. 다 같이 죽은 게 아니다.

그런데도 내 꿈에서는 그들이 모두 같은 장소에 죽어 있다.

사람이 이렇게 똑같은 꿈을 몇 번이나 꿀 수 있을까? 오래전에 세 번째로 그 꿈을 꾸었을 때, 울면서 눈을 뜨고는 사가에게 물었다.

"아마 눈에 보이지 않는 세계에서는 그게 사실일 거야. 그 협곡이 어떤 이유로 세 사람을 연결하고, 당기고, 끌어들인 거겠지. 세상에는 그런 장소가 있어. 그래서 그런 꿈을 계속해서 꾸는 거겠지. 그리고 어떤 큰 의미도 있을 거야. 그럴 것 같아."

"설마, 그 협곡이 나를 부르는 건 아니겠지. 우리도 절대 놓아주지 않겠다면서. 언젠가는 여기 와서 죽을 거라고. 영혼을 두고 가라고."

겁에 질려 울면서 나는 말했다.

사가는 말없이 나를 껴안아 주었다.

"그럴 수도 있지. 세상은 넓고, 다양한 장소가 있으니까. 인간의 사정에 맞는 장소만 있는 것도 아니고."

그는 위로하지 않는다. 가끔은 그렇지 않다고 말해 줬으면 하는 때도 있지만, 그에게는 그런 사고가 전혀 없다.

"그런 장소는 왜 있는 거야? 사람의 마음속에 그런 장소가 있는 거랑 같은 거야? 아니면 별거 아닌 장소를 사람의 마음이 점점 무서운 장소로 만드는 거야?"

나는 물었다.

"레스토랑이 한 군데 있으면, 화장실도 있고, 냉장고랑 쓰레기 버리는 데랑 눅눅한 뒷문도 있고 깨끗한 테이블도 있잖아. 가게 안에서는 담배를 피우지 않지만, 뒷문 밖의 어두운 계단에서는 피우고. 마찬가지야. 비슷한 요

새들

소를 지닌 것들이 서로를 끌어당겨 마침내 큰 덩어리가
되는 거지. 그러다 커다란 감정이나 사건이 생겨 공기가
움직이면 점점 더 강해지고. 오랜 역사 속에서 그런 일이
거듭되다가, 마치 당연한 일인 것처럼 사람의 목숨을 빨
아들이는 골짜기가 생겼대도 전혀 이상하지 않아."

사가가 말했다.

"나는 담배를 피우려면 기분 좋은 곳에서 피우겠다,
옥상 같은 데. 지금은 피우지 않지만, 조금이라도 기분 좋
은 곳에 가고 싶어."

내가 말했다.

"깔끔한 걸 좋아하고 여차하면 심각해지는 부분이 마
코 너의 여자다운 좋은 점이지만, 약점일 수도 있지. 그렇
지만 난, 그 어느 쪽도 다 있을 수 있고, 그 어느 끝도 한
없이 깊어서 대적할 수 없다고 생각해야 살 수 있어."

사가가 말했다. 반짝반짝 빛나는 눈이 예뻤다. 깜깜한
우주에서 빛나는 별 같았다.

그 꿈속에서 나는 늘, 새나 정령 같은 존재다.

안온한 기분으로 평화를 느끼는 장소, 카치나록이라

불리는 깎아지른 바위산 언저리에서 나는 하늘을 떠다니고 있다.

그리고 뭐라 형용할 수 없는 좋은 분위기를 계속해 느낀다.

나는 어디든 갈 수 있고, 자유롭고, 그리고 무엇보다 기분이 맑고 평온하다. 눈을 감으면 하늘과 빛 속에 그대로 쏙 녹아들 것 같다.

멀리서 인디언 플루트 소리가 아련하게 들려온다. 무겁고 강한 그 음색은 단조의 선율을 반복적으로 드높이 연주해 감정을 뒤흔든다.

눈앞에 죽 이어진, 아름다운 붉은색 바위산이 보인다. 빛을 받아, 음영이 아름다운 그림 같다. 바람이 그곳을 지나자, 무리 지어 핀 조그만 종 같은 하얀 꽃에서 달콤한 향기가 날려 온다. 소나무와 삼나무의 뭐라 말할 수 없이 향기로운 냄새도.

그때, 이상한 한 집단이 다가온다.

그 광경을 본 순간 내 마음이 지옥에 있는 것처럼 캄캄해진다. 꿈속이라서 더욱이 감정의 요동이 극단적이다. 그 사람들은 트레킹을 하러 가는 복장인데, 왠지 주변의 분위기와는 동떨어져 있다.

불길한 기운을 흩뿌리면서 좋지 않은 방향으로 행진하는 듯이 보인다.

나는 그 사람들이 더 이상 앞으로 가지 못하도록 막으려 한다.

이 카치나록을 떠나면 안 된다고, 제발 협곡으로 들어가지 말라고, 그렇게 생각한다.

그러나 그 뜻을 전하려 해도 하늘에 떠 있는 탓에 목소리가 나오지 않는다.

열 명 정도 되는 그 집단은 한 줄로 서서 계속해 나아간다. 무언가를 단단히 마음먹은 표정이다. 아아, 저 사람들, 모두 죽으러 가는 거야, 하고 나는 직감한다.

그리고 다음 순간, 내 마음이 얼어붙는다.

그 집단에 다카마쓰 씨와 사가의 엄마와 우리 엄마도 섞여 있다.

그들은 내가 잘 아는, 생기와 인간미 넘치는 표정이 아니다. 아무것도 보지 않고, 듣지 않는, 멀건 표정이다. 자살하기 직전의 엄마 같은 표정, 감정의 움직임이 적은 얼굴이다. 아아, 이제 틀렸나 봐, 이미 절반은 저쪽 세계로 가 버렸어, 하고 나는 생각한다.

하지만 아직은 시간이 남았을 수도 있다.

외치고 싶고, 울고 싶고, 꼭 껴안아 잡고 싶은데 나는 유령처럼 그들 주위를 맴돌 뿐, 그러다 사람들의 걸음걸음에서 이는 빨간 흙먼지에 섞여 가려지고 만다.

소리는 나지 않는데 목이 터지도록 온 힘을 다해 외치느라 기진맥진했을 때, 장면이 바뀐다.

나는 그들을 찾으려고 협곡 위를 빙빙 날아다니다, 결국에는 협곡의 안쪽 끝까지 들어간다. 불온한 공기가 가득 차 있고, 하늘에 갑자기 구름이 낀다. 후득후득 떨어지는 비가 지면을 적시고, 골짜기에서는 눅눅한 공기가 뭉글뭉글 피어오른다.

빽빽한 삼나무를 헤치며 지면 가까이 내려가서야, 이미 늦었다는 것을 깨닫는다.

수많은 사람이 서로의 몸을 겹치듯 쓰러져 있었다. 마치 그곳에서 유독 가스가 발생해, 모두 한꺼번에 숨이 끊긴 것처럼.

입에서 피가 흐르는 사람도, 쥐어뜯은 가슴에서 피가 흐르는 사람도 있지만, 이미 몸이 굳은 시신임이 틀림없었다. 물론 다카마쓰 씨와 사가의 엄마, 우리 엄마도 거기에 포함되어 있다.

　세 사람 다, 내가 모르는 사람들도 모두, 죽었다. 생기는 전혀 없다. 도저히 돌이킬 수 없다.

　나는 갑자기 살아 있는 인간으로 변신한다.

　뛰어다니면서 죽은 사람들의 몸을 잡고 흔들고, 껴안고, 엉엉 울부짖는다.

　하늘마저 어둡고 좁아진 협곡, 병풍처럼 우뚝 선 바위가 증오스럽게도 내 목소리를 죄 빨아들이고 만다. 드높은 바위에 어린 커튼의 주름 같은 음영이 나를 짓누르는 것처럼 보인다. 나갈 수 없게 가둘 거라고, 그렇게 말하는 것처럼 위압적으로, 절망적으로 밀려온다.

　나는 저 높이 있는 밝은 하늘을 올려다보면서 여기서 빠져나가기를 애타게 바란다. 다시 한번 새가 되게 해 줘, 그러지 않으면 여기서 나갈 수 없어, 어떡해, 하고 엄마에게 매달리지만, 엄마는 이미 죽었다. 엄마의 시신도 여기서 데려갈 수 없다니, 하고 나는 눈물을 흘린다.

　이 꿈을 꾸면 나는 어떤 계절에든 식은땀에 푹 젖은 채 눈을 뜬다.

터져라 소리 지르고 싶었던 목은 따끔따끔 아프고, 눈에서 철철 흐른 눈물은 볼을 적시고 있다.

몸은 경직되어 있고, 손가락도 죽은 사람처럼 딱딱하게 굽어 있다.

뭐지, 이 느낌. 진짜 죽음을 봤을 때보다 훨씬 무섭다.

내 안의 어딘가에서 샘솟아, 몇 번이든 되살아나는 것이리라. 그렇게 생각한다.

"네 마음은 정말 굉장해. 자랑스러워."

사가가 말했다.

"나는 아무리 마음을 담아 기도해도, 이렇게 공기가 맑아지지 않는데."

"그렇지 않아."

내가 말했다.

"내가 보기에는 사가가 걸어온 길도 다 정성스럽게, 깨끗하게, 그리고 따뜻하게 닦여 있어. 거기에 있으면 뭐든 시작할 수 있게 여겨질 만큼.

누구나 자기가 하는 일은 잘 보이지 않는 법이야. 그래서 좋게 봐주는 친절한 사람이 필요한 거지. 하지만 누가

새들

봐주지 않아도 사가는 아무 상관없이 똑같이 할 거야. 그런 네가 훨씬 굉장하지."

"넌 정말 많은 것을 꼼꼼하게 생각하는구나."

사가가 말했다. 푸석푸석한 앞머리에 눈이 가려져, 그 눈에 뭐가 비치는지 알 수 없다.

묘지에 부는 바람을 타고 꽃향기가 날아왔다.

"좋은 성묘였네."

내가 말했다.

"응. 진짜 성묘였어."

사가는 만족스럽게 말했다.

나는 뭔가 아주 좋은 일을 한 듯한, 칭찬받아 뿌듯해진 듯한 기분을 껌을 씹듯 곱씹으면서 천천히 걸어갔다.

조금 슬펐던 올 때와는 전혀 다른 기분이었다. 우리 안에서 팽팽했던 무언가가 풀린 것이다. 꽃과 향내와 기도로. 무심하게 비석을 씻고 잡초를 뽑아서.

우리 집으로 돌아와 인터넷으로 여행사 사이트를 검색하면서, 어떻게 하면 더 싸게 세도나에 갈 수 있을지 의논했다.

렌터카 비용이 생각보다 비싸다는 걸 알았지만, 차가 없으면 피닉스에서 세도나까지 가기가 쉽지 않다. 사가는 간혹 빵 배달을 거들 정도로 운전을 잘하니까 역시 빌리는 게 좋겠다 싶었는데, 렌터카 사이트를 검색하고는 멈칫하고 말았다.

버스로 가는 투어는 싸게 먹히지만 가고 싶지 않은 곳에도 들르는 데다 자유행동도 할 수 없다. 이래저래 까다로운 우리가 단체에 섞여 움직이는 것도 쉬운 일이 아니다. 누가 사가에게 시비를 걸거나, 내게 말을 건 남자에게 사가가 불쾌하게 굴 게 뻔하다. 그렇게 돈만 따지다 둘 다 우울해져서 일단 머리를 식히려고 노트북을 닫았다. 노트북은 우리가 유일하게 공유하는 값비싼 물건이다.

"대학생이라 참 사치스럽네. 구멍 뚫린 옷도 없고. 다 깨끗하고 예뻐."

내 방에 널린 빨래를 보고서 사가가 말했다.

"사치스럽기는. 나 학교에서 가난뱅이라고 불리는데. 언제나 똑같은 옷만 입고 다닌다고. 그래도 별명 참 엄청나지."

내가 말했다.

새들

"너희 엄마는 옷 하나를 거의 녹아 문드러질 때까지 입었어."

사가는 폭소를 터뜨리면서 말했다.

"소맷자락은 정말 녹아서 없었어. 아, 생각하니까 웃겨서 힘들다. 그런 옷을 입은 어른은 없지. 옷도 녹는다는 걸, 나 처음 알았어."

"그 검소함에 익숙했으니까."

나는 말했다.

"거의 채식주의였으면서 꽤 맛있게 챙겨 먹었고 요리도 좋아했지. 어떤 의미에서는 사치스러웠어. 지금 사람들이 옷에 돈을 너무 들이는 거 아닐까?"

사가가 말했다.

"그런 생활에서도 미각은 충족됐지. 모두 요리사였고, 재료도 신선하고 좋았고. 덕분에 우리는 비싸고 맛없는 건 못 먹게 됐어."

내가 말했다.

"그 조그만 밭에서 갖가지 채소와 과일이 났으니."

사가가 말했다.

"우리 엄마가 그러던데, 다카마쓰 씨가 젊었을 때 그런 방식을 고안했다고. 그 사람, 식물과 대화가 가능했대."

"나도 그 밭과 마당을 생각하면 지금도 가슴이 뭉클해. 그렇게 아름다운 거, 이 세상에 없었으니까. 한 사람이 한 구역씩, 좋아하는 걸 키워서. 어수선하게 보였지만 질서가 있었고, 너무 엄밀해서 겁이 날 정도인데 어딘가 대충인 구석이 있었고. 그 조그만 공간에 자연의 가혹함이 빽빽하게 들어 있었어. 그리고 그 사람의 성격도 아찔할 정도로 드러났고. 지금 생각하면 미니어처 가든 요법 같은 게 아니었나 싶어.

다카마쓰 씨는 우리 밭을 보고서, 모든 의미에서 아이들이 가꾼 밭이 최고라고, 흉내도 못 내겠다고 칭찬해 주었지. 다카마쓰 씨는 식물의 기분을 알았던 거야. 이 식물은 이 식물 옆에 있고 싶어 하지 않으니까 보나 마나 어느 한쪽이 시들겠지만, 그 과정을 잘 지켜보라고 한 걸 보면."

나는 그 시절의 아침을 떠올리면서 말했다. 아침마다 그날 먹을 채소를 따러 텃밭에 나갔다. 아침 햇살과 반짝거리는 물을 듬뿍 머금은, 정말 아름다웠던 다카마쓰 씨의 식물들. 채소는 마치 천국의 과일처럼 탱글탱글하게 영글었고, 먹으면 물과 빛의 맛이 났다. 그야말로 기체에 가까웠다. 그 점을 생각하면, 채식주의자의 기분도 이해할 수 있다. 몸을 그런 것들로 채우고 싶은 것이리라. 어린 시절에 그렇게 멋진 식사를 할 수 있었던 걸 고맙게 생각한다.

그런데도, 그렇게 추억담을 한 가지씩 말할 때마다 진짜 다카마쓰 씨는 멀어져 가는 듯한 기분이 들었다.

언제나 예상치 못한 아이디어로 길을 열었던 그의 사상은 이제 절대 새로워지지 않는다.

떠올리고 배우면 우리 안의 다카마쓰 씨는 조금 더 깊어지지만, 진짜 그의 숨결은 사라지는 듯하다. 그 정도로 그의 생각은 늘 신선하고 감동적이었다.

"언젠가 우리도 밭을 가꿔야겠지. 잊어버리기 전에, 그의 사고를 남기고 싶어."

사가가 말했다.

"전부 전수받지는 못했지만, 책이 있으니까 연구할 수 있을 거야. 그 결과를 또 책으로 쓸 수 있다면 좋겠어. 그리고 무엇보다 밭을 가꾸면 정신 건강에 좋으니까."

"있지, 언젠가라고만 하지 말고, 하려면 바로 하자. 언젠가라는 말을 들으면, 언제나 슬퍼."

내가 말했다.

"지금은 빵을 만드는 게 재미있어서."

사가가 말했다.

"나, 학교 그만두고 텃밭이나 마당을 가꿔도 괜찮아."

"넌 왜 그렇게 극단적이야."

그 '야'의 억양이 사가 엄마와 너무 닮아서, 가슴이 메었다.

툭하면 들었다.

마코, 왜 그렇게 급하게 세수를 하는 거야.

마코, 왜 그렇게 잘 자는 거야. 눈이 들러붙어서 안 떨어지겠어.

마코, 마코, 왜 그렇게 귀여운 거야. 여자아이는 몽글몽글해서 너무 좋아.

지금도 귀에 남아 있는 약간 가칠하고 달콤한 목소리. 사가의 목소리와 아주 비슷하게 울렸다. 짧은 머리 아래로 드러난 목덜미. 가녀린 허리와 긴 다리. 늘 예쁜 색감의 롱스커트를 입고 있었다. 우리 엄마와 달리 깔끔하고 감각이 좋고, 옷도 절대 녹을 때까지 입지 않았다.

"엄마가 시를 좋아했고 내가 무대에 서는 것도 무척

태양의 힘으로 쑥쑥 되살아났다.

나의 바람이 아무리 간절해도, 자연의 큰 힘에는 미치지 못한다. 극단적으로 말하면, 옛사람들은 그 힘의 흐름을 신이라 부르지 않았을까 한다. 언제나 자신의 미미함과 그 안에 흐르는 힘의 거대한 수맥을 정확하게 파악하기 위해서.

인간은 넘이 어디에 놓이기를 원하는지, 귀 기울여 들어 주는 것밖에 할 수 있는 게 없다.

그런 상황에서도 넘은 우리에게 그 이파리의 약효를 한껏 열어 놓는다. 이파리도 줄기도 모두 사용할 수 있다. 뿌리만 남겨 놓으면 또다시 이파리가 쑥쑥 자라난다. 이파리를 얼마나 뜯어내든 상관치 않는다.

인간은 아무것도 하지 않는다. 그저 받기만 할 뿐. 그러면서 주기를 아까워한다.

인간은 그 정도 존재다. 그렇게 생각하면 비로소 시작되는 게 있다. 다카마쓰 씨가 해 준 넘 이야기는 그런 내용이었다. 내가 넘의 쌉싸름함과 향이 좋다고 하자, 굳이 넘을 보여 주면서 해 준 얘기였다.

그는 식물 같은 사람이었다. 나무처럼 친절하고, 나무

처럼 가지를 뻗고, 뿌리를 내리고, 관대하게 생각하는 사람이었다. 욕심이 전혀 없고, 한없이 착한 사람이었다. 내가 아는 사람 중 그 바위산의 정령에 가장 가까웠는지도 모른다. 할아버지가 된 그가 얼마나 심오했을지를 생각하면, 그의 이른 죽음이 안타까워 견딜 수가 없다.

"그래도 언젠가는 캄캄한 방 안에서 자기 멋대로 나무를 키우고 싶어 하는 게 인간이겠지. 아아, 끔찍하군. 탐욕은 끔찍해."

사가가 고개를 저으며 말했다. 사가는 실내에 있을 때면 어린아이로 돌아간 것처럼 말이 많아져 좋다.

"마침 적당한 곳에서, 모두가 힘들이지 않고 편하게 지낼 수 있으면 좋은데."

"다들 그렇게까지 세세하게 조정하면서 살지 않는데 뭐. 우리처럼 아슬아슬한 선에 있는 사람들뿐이야. 그게 필요한 건."

나는 미소 지었다.

이런 식이지만, 나는 그나마 사가보다는 인간을 좋아한다고 생각한다.

사가는 안이하다고 하지만, 이런 때도 얼마 전 미사코

새들

의 눈 속에서 보았던 정말 멋진 것을 떠올린다. 유리구슬처럼, 호수처럼, 그렇게 깊은 빛을 보여 주었다. 그런 것은 역시 아름답다고 생각한다. 인간도 자연이니, 때로는 소스라칠 만큼 아름다운 것을 보여 준다.

어쩌다 한 번 볼 수 있는 것이라도 해도, 나는 기대도 실망도 하지 않는다.

저녁노을이 아름다운 날도 있거니와, 희끄무레하게 구름 낀 날도 있다. 어느 쪽이든 그 나름의 아름다움이 있고, 어느 쪽이든 한쪽이 없으면 성립하지 않는다.

사람은 그 점을 숨기려고 하니 싫다. 구름 낀 회색 하늘을 천으로 가리거나 색을 덧입히거나.

어쩌면 사가 쪽이 보다 깊고 착한지도 모르고, 이 냉정함이 오히려 사랑하는 것을 위해서만 팔을 걷어붙이는 여자의 본질적인 얍삽함을 드러내고 있는지도 모른다, 하고 나는 생각한다. 그것은 몸속에서 나오는 것이라 이성으로는 바꿀 수 없다. 성별에서 오는 차이라고밖에 할 수 없는 것.

"너는 귀여우니까, 인기도 많겠지."

사가가 어둠 속에서 그렇게 말했다.

"뭐니? 그 뜬금없고 막연한 말은."

나는 웃고 말았다.

나는 두툼한 매트리스에서 자고 있었다. 옆집 사람이 이사 가기 전 기브어웨이 파티를 할 때 얻은 것이다. 상당히 낡았지만, 맑은 날 사흘을 계속해서 끙끙거리며 밖에다 꺼내 아침부터 저녁때까지 햇볕에 말렸더니, 좋은 냄새가 나는 두툼한 매트리스로 돌아왔다.

평소에는 그냥 벽에다 세워 놓는다.

왜 세워 놓는 거야, 프레임을 사면 되는데. 사가의 말에 나는 이 방에는 사가와 나밖에 없으니까 괜찮다고 대답했다. 침대를 사려면 더블로 사야 하는데, 그러면 방이 꽉 차 버린다고.

사가는 더블이라는 단어에 반색하며 고개를 끄덕거렸다. 귀여운 사람이다.

그런 사가는 전에 내가 사용했던 상당히 얇은 매트리스에서 자는 터라, 나란히 있으니 약간의 높낮이가 생겼다. 내가 어둠 속에서 그를 내려다보는 꼴이다.

어둠 속에서 반짝 빛나는 그의 눈은 역시 별이나 다이

아몬드 같았다.

그 아름다움에 눈물이 흐를 것 같았지만, 말은 하지 않았다. 말해 버리면 사라지고 말 것 같았다.

"이리로 올래?"

내가 말했다.

"괜찮아?"

사가가 물었다.

"안에다 사정해 주면. 난 언제 아기를 가져도 괜찮아. 오래전부터 그랬잖아."

내가 말했다.

한때, 온갖 것을 포기한 사가가 갑자기 피임을 시작했다.

자기에게 책임이 있다는 걸 인식하기가 두려운 것처럼.

보기에 따라서는 온건한 해결이거나, 버거움을 완전히 뒤로 미루는 방법일 수도 있었지만, 나는 끝의 시작이라고 생각했다. 그러는 동안에는 섹스를 하지 않겠다고 해서 다투기도 했다.

"돈도 없고, 아직 학생인데, 어떻게 아이를 키워."

오늘 밤에도 사가는 그렇게 말했다. 일본으로 돌아와

책임이라는 개념을 알게 된 탓에 겁이 났는지도 모른다.

"시골로 이사 갈 수도 있고……. 내가 졸업할 때까지는 어떻게든 버티다가, 그다음에는 빵 가게를 하면서 절반은 자급자족하는 식으로 살면, 어떻게든 될 거야."

"우리가 같은 세대 사람들보다 생활에 도움 되는 일은 많이 알고 있지만, 살아가는 방법은 배우지 않았잖아. 자신이 없는 건 아니야. 다만 모를 뿐이지. 평범한 가정에서 자란 사람들은 마치 숨을 쉬듯이 자연스럽게 살아가는 방법을 배우는 것처럼 보이는데."

사가가 말했다.

"일반적으로는 그게 부모가 하는 일이겠지. 그래도 우리는 살아남았잖아. 그러니까 우리 아이도 살아남을 거야."

내가 말했다.

어둠 속에서 그렇게 말했더니, 희망이 샘물처럼 솟았다. 그야말로 말의 힘이다.

"말이란 참 대단하지. 나, 헤쳐 나갈 수 있을 것 같아."

"그 기분을 유지해야겠지. 다른 말에 꺾이는 일도 있을 테니까."

사가가 그렇게 말하면서 내 이불 속으로 들어왔다.

새들

그래, 불쑥 솟은 희망은 이내 꺼지고 마니까 키워 나가야지, 하고 나는 생각했다.

사가의 손이 내 몸을 더듬으면, 내 손이 내 몸을 더듬는 듯한 기분이 든다. 어디까지가 사가이고 어디부터가 나인지 모른다. 너무도 오래 같이 있었기 때문이다.

우리는 오늘 밤에도 생길지 안 생길지 모르는 아이를 만들기 위해 애쓴다.

왜 임신이 안 되는지, 전혀 알 수 없었다.

열다섯 살 때는 오직 기다렸고, 스무 살이 지나서는 아이가 안 생기는 게 무슨 저주처럼 여겨졌다.

그렇다고 병원에 가지는 않았다. 우리는 아주 자연스럽게 생명의 기적을 기다렸다.

그렇게 시도하는 동안은 유령의 일부가 아니라 지금의 우리를 사는 느낌이 들었다.

"새 한 마리가 날고 날아 저 먼 하늘 끝까지 낮에도 밤에도 날고 날아 태양과 달을 찾는다."

"이 세상 모습을 저세상에 전하는 그 새의 이름은 '밤에 뼈가 운다'는 뜻이지."

"아이 '밤에 뼈가 운다' '밤에 뼈가 운다' 새가 낮에 울고 있다 밤에 울고 있다 그 소리가 들리면 눈을 감는다 눈을 감는다 이 세상의 새여 저 세상의 새여."

"내 귀가 울고 있다 나를 떠올리고 있습니다 저세상에서 내게 묻고 있습니다 — 내가 어떻게 지내는지 어떤 생활을 하고 있는지 —."

"죽은 우리 아버지가 내가 오래오래 살 수 있기를, 하늘의 신과 온갖 신에게 나를 위해 기도하고 있다."

"죽은 사람들이 나를 지킨다 아버지는 나를 감시한다 아버지는 나를 지키고 있다 지금 내 귀가 울고 있다 내게 묻고 있습니다 나를 떠올리고 있습니다."

그렇게 우리는 번갈아 시를 낭독했다. 본무대에서는 세트 앞에서, 색만 다르지 그냥 천을 휘감은 듯한 단순한 의상을 걸치고, 낭랑한 목소리로 읊게 될 것이다.

스에나가 교수는 얼굴을 잔뜩 찡그리고 우리가 연습하는 모습을 보고 있었다.

무대 위에서 그 찡그린 얼굴을 보고, 푸훗 웃음이 터졌을 정도다.

그래서 낭독이 마음에 들지 않나 했는데, 끝나자 그는

만면에 미소를 띠고 나와 미사코에게 다가왔다.

"좋아. 무엇보다 시에 대한 해석이 훌륭하군. 그리고 둘 다 열정적이어서 정말 그 인물들 같았어."

스에나가 교수가 말했다.

뭐야, 좋다는 느낌을 드러내다 못해 얼굴까지 찡그린 거였어, 하고서 나는 안도했다.

그는 대개 많은 말을 빠르게 늘어놓는데, 그 숨차고 가벼운 말투와는 반대로 언제나 침착하다. 사십 대 후반이면서 청년처럼 동안이고, 또랑또랑한 눈과 통통한 볼 때문에 한층 젊어 보인다.

문학과 시에 대한 스에나가 교수의 애정은 그 깊이를 가늠하기 어려울 정도다. 그의 생명에 영양을 보급하는 것은 책이다. 그는 늘 책을 끼고 산다. 책은 그를 살아 있게 하고, 그는 책을 사람들에게 널리 퍼뜨린다. 뿌리가 뒤엉킨 나무처럼, 책과 그는 서로 돕고 있다. 그 단순한 시스템을 정말 좋아한다. 사람들 대부분이 제시하는 정보는 너무 많아서, 나는 때로 머리가 아프다.

사가가 얼마나 질투를 하든 상관치 않고 친해진 사람은 스에나가 교수가 처음이었다. 나도 어른이 되었네, 하고 나만의 인간관계를 자랑스럽게 여기는 한편, 그렇게 사가에게서 한 걸음 멀어져 허전하기도 하다.

스에나가 교수가 권하는 책은 그의 소갯말 덕에 특히 재미나 보여, 나는 책 읽기를 한층 더 좋아하게 되었다. 종이책이든 전자책이든 상관없었다. 사람의 생각이 활자화된 것을 대하는 마음이 더욱 깊어졌다.

무엇보다 책을 읽는 그는 무척 행복해 보인다. 나는 그의 강의와 제시된 문헌으로, 내가 자란 장소에서 아메리칸 인디언과 백인 사이에 무슨 일이 있었는지도 자세하게 알았다. 어린 시절에 살았던 토지의 다양한 어둠과 질곡의 깊이를, 그리고 뭐라 말할 수 없이 어두침침했던 이유를 비로소 알고는, 배우기를 잘했다고 생각했다.

어려서 더욱이 맑은 눈으로 볼 수 있었는지도 모른다. 때로 세도나뿐 아니라 애리조나의 대지 여기저기가 핏빛으로 얼룩덜룩 물든 것처럼 보이곤 했다. 몇 번이나 눈을 비벼도, 흙에서 커다란 피의 얼룩이 보였다. 그리고 그건 실제로 그 토지가 피로 물들었던 기억을 보여 주고 있는 것이란 걸, 대학에서 배워 알게 되었다.

그걸 느낀 나의 감성과 역사가 하나가 되어 내 안에

깊이가 생겨났다.

진지하게 학문을 사랑하는 교수는 서브컬처를 좋아하는 히피 교수라는 야유를 받든 말든, 지금의 학생들에게는 귀중한 존재다.

그에겐 열 살 아래인 부인이 있고, 책이 읽고 싶어서 다툴 시간도 아까워하는 탓에 사이가 좋은 게 아닐까 하는 의심을 살 만큼 금슬이 좋다. 은근슬쩍 여학생들을 꼬드기거나 욕망을 내보이지도 않는다. 그 기품 있는 태도 역시 어딘가 모르게 다카마쓰 씨를 생각나게 해서 좋았다.

나는 번쩍거리는 남자는 눈이 너무 부셔서 같이 있지 못한다. 실제로 번쩍번쩍 빛나 보여서 불안하고 눈이 피곤해진다.

"축제에서 딱 한 번 공연하고 끝나는 게 아까울 정도군."

"저는 불러 주시면 언제든 할 거예요. 그런데, 뭐랄까요. 이건 마코의 신비한 힘 덕분이에요. 마코와 같이 시를 낭독하다 보면, 평소의 마코가 아닌 무언가가 그 안에서 둥실 떠올라요. 뭔지 모를 위대한 것이라고 할까, 영감을 주는 것이 점점 전개되기 때문에 제 안에도 내가 몰랐던 깊은 감정이 생겨나요. 그 감정을 따라 움직이니까, 저도 기분이 엄청 좋아져요. 연기를 하면서, 생활 속에서는 느끼거나 생각했던 적이 절대 없는, 무언가를 느껴요. 이게 예술을 접하는 거라면 정말 멋진 체험이죠."

미사코가 말했다. 이번 무대에서는 내 여동생인 미사코. 시를 주고받으며 읽은 탓에 아직도 여동생의 감촉이 눈 안에 남아 있다.

나도 연기할 때는 신기한 느낌이 든다.

내 안에 또 하나의 내가 가만히 숨죽이고 있다. 자기 말이 아닌 말을 소리 내어 말하면, 그 말을 하는 밖의 나는 미사코를 정말 거짓 없이, 애증이 얽힌 여동생이라고 생각한다. 미사코의 눈을 보면서도 확실한 혈연관계를 느낀다. 그때만큼은, 그녀에게 영원한 핏줄과 경의를 느끼는 것이다.

"저 어쩌면, 임신해서 학교 그만둘지도 몰라요. 그렇지 않을 때라면, 타이밍만 나쁘지 않으면, 임신 중이라도 언제든 연기할게요."

나는 말했다.

섹스를 한 번 할 때마다 나는 기도하는 마음으로 배를 쓰다듬고, 물구나무서기를 하면서까지 아이가 생기기

새들

를 염원한다. 아예 임신한 기분으로 생활하는 게 중요할 것 같아 한동안은 마치 아이를 가진 듯한 마음가짐으로 걷고, 얘기하려고 하고 있다. 그런 연기를 할 때와 아주 흡사한 기분일 것이다. 무거운 것을 들 때는 조심하고, 혼자가 아니라는 기분에 젖어 보기도 하고. 남자아이면, 여자아이면, 어떤 옷을 만들어 입힐까, 기저귀는 깨끗한 천으로 넉넉하게 만들어야지, 그런 생각을 하고, 창가에 기저귀가 널려 있는 모습을 상상하고.

오늘도 그 흐름 속에서 얘기했다. 아무튼 내 배 속에서는 아직 사가의 정자가 살아 움직이고 있을 것이다. 지금부터라도 힘 내. 그렇게 기도했다.

"결혼하면 그만두는 거 아니고?"

스에나가 교수가 물었다.

"그건 아직 모르겠어요. 피차 가난해서요."

"그렇군. 그래도 좋겠어, 그렇게 말할 수 있어서. 실수로 임신해서 난감하다거나, 임신하고 싶지 않았다는 얘기가 흔히 들리는 요즘, 그렇게 간절히 바라다니 훌륭하군. 너는 정말 요즘 사람 같지 않아. 내가 젊었던 시절 사람 같아."

그가 진지하게 말했다.

그에게는 사내아이가 있다. 작년에 태어났다.

"교수님과 비슷한 세대 사람들에게 세뇌당하면서 자랐으니까요."

내가 말했다.

"사모님은 어땠어요? 아기 생겼을 때."

미사코가 물었다.

"우리야 기뻐 날뛰었지. 오래도록 기다렸거든. 둘이서 울면서 춤을 췄어, 집 안에서. 임신 테스트기를 흔들면서 말이야. 어이없겠지만, 그 정도로 기뻤어. 우리가 만들어 가족이 더 생기는 거잖아. 그게 너무 엄청난 일이라, 그저 마냥 기뻤어."

스에나가 교수가 웃었다.

무언가를 치우치게 좋아하는 분위기와 어딘가 모르게 히피에 가까운 사고방식. 그를 보면 우리 부모들이 떠올랐다. 그가 내게 친근함을 느끼듯, 나도 그가 친근했다. 그래서 잘 맞는 것이리라. 1970년대 문화를 동경하는 것까지 포함해서, 그의 옷차림과 소지품에서도 모두 익숙한 냄새가 났다.

모든 것이 끝나고 난 후의 시대에, 타고 남은 재를 끌어 모아 몸을 데우는 듯한 삶의 방식을 부정할 수는 없다. 나도 아직 젊은데 그렇게 살고 있기 때문이다. 과거를 따르고, 죽은 사람을 추모하고, 그러면서도 있는 힘을 다해 빨갛게 타오르고 있다.

사람들 대부분이 그렇게 생명을 불태우듯 사는 삶을 꺼리고 양처럼 순하게 산다는 것도 충분히 이해할 수 있었다.

양에게 양 같다고 하는 것인데, 바보 취급 하는 것처럼만 받아들인다.

그러나 내 눈에는, 아무래도 그렇게 보인다. 바보 취급을 하는 게 아니라, 단순히 내가 다른 각도에서 보고 있을 뿐이다. 그들은 생명에 대해 너무도 무심하고, 원인과 결과의 법칙에도 둔감하다. 그리고 그걸 알아도 최대한 모든 것을 작게 마무리하려 한다. 예상치 못한 일이 생기면 놀라서 죽을 수도 있다. 그러니까 아무 일도 생기지 않기를. 그렇게 말하는 것처럼 들린다.

"우리는 돈 문제가 있어서."

내가 말했다.

"요즘은 그 불안감 때문에 아이가 안 생기나 싶어요."

"그렇게 스토커 같은 사람 아니어도, 마코는 훨씬 순조로운 결혼을 할 수 있을 텐데."

미사코가 말했다.

보기와 달리 내 안에는 순조로운 게 하나도 없어, 하고 말하려 했는데, 스에나가 교수가 부드러운 눈빛을 하고서 막았다.

"아니지, 순조로워야 좋은 결혼이라고만은 할 수 없잖아?"

그의 말은 악의 없이 애틋한 마음에서 한 미사코 말로부터 나를 쓱 끌어올렸다.

"저마다 다르니까, 그건. 어쩌면 마코에게는 그 결혼이 더없는 구원이고 순조로운 것일 수도 있고."

"아, 그럴지도 모르겠네요."

퍼뜩 놀란 듯 그렇게 말한 미사코도 후련한 표정이었다. 무언가를 깨달은 사람처럼 티끌이 없었다.

미사코는 정말 순수하고 좋은 사람이네, 하고 나는 생각했다.

절대 바보 취급 하는 게 아니다. 이렇게 미사코는 지금

새들

한창 인생의 의미를 넓혀 가는 중이다. 내가 십 대에 끝냈던 작업을 지금 하고 있는 것이다. 오늘날의 이십 대에 합당하고, 또 아주 중요한 작업을.

아무쪼록 여유롭게 아름답게 마음껏 키우기를, 하고 나는 식물에게 바라듯 바랐다.

어쩌다 이 세상과는 다른 공간에서 내 동생이 된 사람이여.

"마코를 좋아하다 보니까 자꾸 내 이상을 강요하게 되나 봐. 반성해야겠다. 그 사람에 대해서 잘 알지도 못하면서. 미안해."

"고마워. 이해해 줘서. 나, 아무 말도 안 했는데."

내가 말했다. 내 마음속에, 사람들의 배려로 생겨난 보물 같은 광경이 또 하나 늘었다.

"이건 순조로우니 좋다, 어떻다 하는 얘기와는 다른 건데, 처갓집이 아주 번듯한 집안이라서 산파를 집으로 불러 아이를 낳는 걸 절대 용납하지 않았어. 일단은 그렇게 하고 싶다고 했지만, 고령 출산에 해당하는 나이이기도 했고, 그래서 결국 큰 병원에서 낳았어.

큰 병원이라고 해서 의사들이 아기를 함부로 대한 건

아니었으니까 우리도 수긍하고 며칠을 행복하게 지냈는데, 아기가 태어나자마자 우유병 소독약과 기저귀 회사 사람들이 찾아와서 깜짝 놀라기는 했지. 그런 걸 일일이 다 사 갖추려면 돈이 많이 들겠더라고. 돈이 없으면 참 힘들겠다 싶더군. 그러니 돈 없는 젊은 부부가 비참하다 느끼고, 육아를 도저히 감당할 수 없다고 생각하는 것도 무리는 아니지. 그때 아내와 앞으로는 젊은이들이 아기를 낳기가 점점 더 힘들겠다는 얘기도 했어."

스에나가 교수가 말했다.

"우리는 둘 다 나이도 있는 데다 강단이 있어서 그런 부분을 대충 넘어가고, 집에서는 기저귀도 채우지 않는 극단적인 육아법을 강행했어. 그런 것도 절대 적응이 안 될 줄 알았는데, 결국은 적응이 되더군. 인간이 참 잘 만들어졌어. 때가 되면 그렇게 어린 아기가, 화장실에 가고 싶다는 의사를 표하니 말이야. 아이들을 아무것도 모르는 바보로 아는 건, 어른이 바보이기 때문일 거야.

사는 것에 관해서는 아기들이 우리보다 훨씬 더 똑똑해. 사는 거 하나로 매일 아등바등하는 생물을 보고 있자니, 나 자신이 생명력이 없게 느껴지더군. 생명이 불타올라 빛나는 느낌이야. 매일 깜짝깜짝 놀라곤 하지."

"요즘 세상에 교수님네 아기는 정말 아기답게 동글동
글하고 반짝거렸으니까요."

내가 말했다.

"그래 봐야 시대가 이런데, 기껏해야 아이 때나 그렇겠
지. 계속 동글동글하고 느긋하게 커 나갈 수는 없을 거야.
어딜 가나 답답한 얘기뿐. 게다가 돈이면 뭐든 할 수 있다
는 시대잖아. 얼마 전까지만 해도 모두가 어딘가 먼 곳에
위대하고 멋진 것이 있을 거라고 느꼈는데, 그런 시대는
이미 끝났어. 우리 아이도 초등학교에 들어가면 그 남다
른 여유로움이 사라질 듯한 기분이 들어.

그래도 인간에겐, 돈으로는 도저히 가질 수 없는, 상
상을 뛰어넘으리만큼 거대한 시스템을 향한 동경이 있지
않나 싶어.

그러니 아이들이 최소한 집에서는 마음껏 자유롭게
지냈으면 하는 거지. 숲에 있는 것처럼 말이야. 그리고 언
젠가는 책을 많이 읽었으면 좋겠어. 하지만 그것도 점점
어려워지겠지. 보나마나 상당히 뻐딱해지겠지, 우리 가족
은. 반면 가족 간의 연대는 강해질 거야. 그래도 지금 시

대에 그 정도 편협함은 허용될 거라고 생각해."

스에나가 교수가 말했다.

"좋은 사람인데 편협하다, 새로운 모델이네요."

미사코가 웃으면서 말했다.

"최대한 조용히 숨어서 말이지, 싫은데도 반드시 해야하는 일은 가능한 한 감정을 동원하지 않고 효율적으로 재빨리 해치우고, 그다음은 하고 싶은 대로 하는 거야. 하고 싶은 대로 하는 세계가 시대의 영향을 받지 않는다고는할 수 없지. 이기적으로 나만 좋으면 그만이다 하는 것도아니고. 다만, 자기 장소에서 시작하는 게 중요한 건 분명해. 그걸 본 사람이 조금씩 영향을 받는 거지. 굳이 목청을 돋워 말하지 않아도 말이야. 그렇게밖에 할 수 없어."

스에나가 교수는 자기 자신에게 들려주듯 그렇게 말했다.

이런 스타일의 어른은 참 오랜만에 보네, 하고 나는절실하게 생각했다.

예전에 내 주변에 있던 어른 같았다.

밝고 단순하고, 마음이 약하고 올곧고 정직하고, 구멍이 많은데도 같이 있으면 든든하다. 이제는 화석처럼 여겨지는 부류의 사람들. 그는 틀림없는 그런 멸종 위기종이었다.

"아, 그리고, 너희들이 낭독한 그 시집은 오래전에 절판된 거였어. 젊었을 때 어쩌다 우연히 읽고 책을 겨우 구했는데, 그 후에 빌려 간 사람이 돌려주지 않았어. 어떻게든 다시 한번 읽고 싶어서 여기저기 문의를 해 봤지만 헛수고였고, 도서관에도 없어서 실망이 컸는데.

그런데 어느 날 별생각 없이 들어간 헌책방에서, 난 내 눈을 의심했어. 도서관에서 흘러나온 그 책을 500엔에 팔고 있었으니까.

나는 속으로는 내가 그 책에 느끼는 가치와 문헌으로서의 귀중함 등을 따지면서 갈등했지만, 아무렇지 않게 행동하면서 다른 책과 함께 슬쩍 그 책도 샀지.

헌책방에서 나와서는 나도 모르게 걸음이 빨라졌어. 책을 껴안고 집으로 허둥지둥 돌아왔지.

그리고 내가 해설을 곁들여 복간하게 된 거야. 판권을 갖고 있던 원래 출판사는 망해서, 다른 조그만 출판사에서 출판했어. 그러니 이 책을 세상에 새롭게 선보이는 데 좀 거들기는 한 셈이지.

관심 있는 사람들 눈에도 별거 없어 보이는 책이야. 하지만 이 책은, 한 사람이 오랜 시간에 걸쳐 멕시코 원주민인 어느 작은 부족의 시를 꾸준히 수집하다가 죽으면서 다른 사람에게 출판을 부탁해 겨우 세상 빛을 보게 된 거야. 그런 책에는 기묘한 무게감이 있지. 어떻게든 목숨을 이어 가는 힘 같은 것 말이야. 누구 하나 그런 기적을 믿지 않아도, 역시 존재하는 건 분명해.

언젠가 먼 훗날, 내가 이 세상에서 사라지고 없을 무렵, 나 같은 사람이 또 어디선가 이 책을 발견하겠지. 그렇게 책이 생명을 이어 가는 건 책에 혼이 있기 때문이라고 생각해. 옛날에 카페에서 처음 읽었을 때부터 이 책의 생명이 줄곧 나를 불러서 이런 일이 생겼다고, 난 그렇게 믿고 있어. 지금 연기하는 너희들을 보는 것도, 거의 꿈만 같아."

스에나가 교수는 눈까지 반짝거리며 감개무량한 듯 그렇게 말했다.

나는 그런 생각을 충분히 이해할 수 있었다. 하지만 다른 나는 이렇게 생각했다.

당연히 그런 일은 있죠. 생명은 잔혹하리만큼 엄밀하

새들

게 그 힘을 발휘해요. 그리고 우리 부모들은 그런 로망 때문에 죽었다고 생각합니다. 그러니까 쉽게 봐서는 안 돼요. 그런 힘을 맨손으로 무턱대고 다뤄서는 안 돼요. 목숨을 잃게 됩니다.

하지만 말로는 도저히 할 수 없었다.

언젠가는 얘기하려고 한다. 마음이 좀 더 정리되면.

그 언젠가가 올 때까지, 이 멋진 우정이 계속되기만을 바랐다.

게다가 로망은 고여 있던 피를 깨끗하게 하고, 사람의 정신을 빛나게 하는 좋은 것임이 확실하다.

그들이 보았던 멋진 것, 가령 어느 틈에 발달한 사가의 팔 같은 것. 돌봐 주지 않아도 알아서 풍성하게 자라는 로즈마리 같은 것도 이 세상에는 확실하게 있으니까.

그것이 인간을 구하지는 못한다고, 젊은 내가 어떻게 말할 수 있으랴.

나는 그런 사고를 간직한 채 살아남은 교수의 인생이 가능하면 지켜지기를 바라지 않을 수 없었다.

사는 것만큼은 포기하지 않으려는 사가의 모습이 떠올랐다.

그 모습이 아무리 멋진 광경이어도 나는, 다카마쓰 씨가 있는 세계가 전부라 여겼던 엄마처럼 사가를 생각해서는 안 된다. 사가를 살아남아 있게 하려면, 고통스러워하는 사가를 보면서 감동하는 나의 잔인함을 오히려 소중히 여겨야 한다. 그것이야말로 상대를 살리고 싶어 하는 여자의 본능이다.

"너희들이 연기를 해 줘서, 책의 생명이 기뻐하고 있어. 고마워."

스에나가 교수는 그렇게 말했다.

학내의 파벌 싸움과 교수 회의 때문에 아름다운 꿈을 갉아먹히고 있는 그의 혼이 지금 맛있는 식사를 했네, 하고 나는 반드시 있을 것이라고 믿고 싶은 책의 정령에게 중얼거렸다.

이 세상은 스산한 마법으로 가득하다. 언뜻 보기에 아름다운 것도 있거니와, 겉은 추한데 속은 빛나는 것도 있다. 압도하는 힘도 있고, 요정처럼 조그만 힘도 있고, 기생충처럼 사람에게서 피를 빨아먹는 힘도 있고, 오로지 주기만 하는 힘도, 모두 존재한다.

나는 현실에서는 별명이 가난뱅이인 평범한 여대생이

새들

지만, 저쪽 세계도 알아 양쪽에 다리를 걸치고 살고 있으
니 새내기 마녀라고 할 수도 있는 존재다. 그래서 눈에 보
이는 많은 것을 좋은 마음으로 접하고 싶고, 좋은 마녀이
고 싶다고 바란다.

사가가 만든 빵을 파는 작은 빵 가게는 그가 사는 기
숙사 앞에 있다.

빵을 굽는 주방과 가게는 조그만 출입구로 연결되어
있다.

사가가 사는 시설의 넓은 부지는 큰 공장이 있던 자리
로 폐허였는데, 국가에서 조성금을 지원해 주어 빵 공장
과 가게가 생겼다.

동네 중심에서 다소 떨어진 곳이라, 처음에는 그 시설
에서 일하는 봉사자와 근처에 사는 사람이 아니면 빵을
사러 오지 않았다.

그런데 뉴스에서 가게 인테리어는 물론 빵을 만들고
파는 것도 시설에서 생활하는 아이들과 그곳 출신자들이
직접 하고 있다는 일화를 다룬 후로는 멀리서 일부러 차
를 타고 방문하는 손님이 많아졌다. 시설에서 나온 후에

빵 가게를 시작한 사람이 시발점이었다. 교통사고로 부모를 잃은 그는 고등학교를 졸업할 때까지 그 시설에서 살았다. 그리고 유명한 빵 가게에 취직했다가 마침내 독립했다.

천연 효모를 다양하게 활용해 만드는 그의 소박한 빵은 큰 인기를 모았다. 조성금 지원을 받자 그는 시설에 두 번째 가게를 열고, 아이들에게 빵 만드는 법을 가르쳤다. 그 일화도 화제를 불렀다.

사람을 싫어하는 사가도 그 스승은 존경한다. 사가가 시설에 들어간 시기에 그는 이미 나가고 없었지만, 종종 찾아와 강습을 해 주었다. 사가가 빵에 관심을 갖게 된 것도 그 덕분이었다. 집에서 만든 빵을 먹고 자란 사가는 효모의 맛을 정확하게 알기 때문에, 가르치는 쪽도 즐거웠을 것이라고 생각한다. 내가 스에나가 교수를 만난 것처럼, 사가도 그 스승을 만났던 것이다.

그날도 주차장에는 차가 꽉 차 있었다.

예약을 받지 않아 사람들이 줄 서서 기다리는 일이 흔했고, 새 빵이 나오는 시간이면 줄줄이 팔려 나갔다. 우리는 미국에서 산 적이 있으니 당연하지만, 여기 사람들이 언제부터 이렇게 빵을 먹게 되었나 하고 나와 사가는

새들

놀라곤 했다.

나는 대충 일주일에 한 번, 정기적으로 사가가 만들었을 빵을 사러 간다.

사가는 판매는 하지 않지만, 간혹 주방에서 가게로 빵을 나르기 때문에 인사는 할 수 있다. 게다가 내가 가끔이라도 가 보지 않으면 사가는 정말 매일 나를 찾아와, 미행당하는 기분이 들게 한다.

가게는 실내가 좁고 인테리어도 소박하다. 카운터 안도 아르바이트하는 점원 둘이 겨우 들어갈 수 있는 넓이다. 벽에는 저 높은 데까지 각종 빵이 빽빽하게 진열되어있다.

나는 가게에 들어가 크루아상과 프랑스 단팥빵을 쟁반에 담았다. 프랑스 단팥빵이란 머핀 안에 단팥이 든 빵이다.

"너, 여기에 버터가 얼마나 많이 들어가는지 알아? 만들다 보면 질릴 정도야. 보나마나 살찔 텐데."

크루아상은 사가가 했던 말을 떠올리면서 그를 웃기려고 일부러 샀다. 집에 들르면 먹으려고.

계산대 앞에 줄을 섰더니 맛있는 빵이 가득 담긴 은

색 상자를 들고 사가가 나왔다.

"막 나온 거니까 봉투를 닫지 말고 팔아."

사가가 말하자, 계산대 여자가 사가를 가만히 쳐다보고는 고개를 끄덕였다.

아아, 이 여자도 사가를 좋아하는구나. 나는 가슴이 찡했다. 사가야말로 언제나 인기가 많다. 그의 외로움은 의도하지 않아도 이성의 눈길을 끈다.

"사가."

일부러는 아니고, 나는 작은 소리로 불렀다.

나를 본 그의 얼굴이 환하게 빛났다.

다행이다, 하고 나는 생각했다. 민망함도 없고, 나를 꺼리는 투도 아니고, 다만 만나서 반가워하는 표정이었기 때문이다.

그의 이런 반응을 잃어버리면, 내 안에서도 무언가가 죽어 버리리라.

언젠가 그런 날이 왔을 때 어떻게든 대처할 수 있게, 그런 미래와도 다부지게 마주하는 자신일 수 있게, 나는 지금을 그저 받아들이는 수밖에 없다.

계산대의 여자는 그런 사가의 모습을 보고서 무척이

새들

나 아쉬워했다.

미안해, 하고 생각했다. 하지만 어쩔 수 없다. 이미 어느 누구도 어떻게 할 수 없는, 여러 의미에서 압도적인 것을 우리는 부둥켜안고 있다. 평생을 함께하든지 두 번 다시 만나지 말든지, 둘 중에 하나밖에 없다는 감정으로 유지해 온 관계다. 웬만한 기분 가지고는 그런 마음의 벼랑과 관계할 수 없다.

나는 사가가 살아서 어른이 되었다는 사실만으로도 기뻤다. 한 번은 잃었던 생명, 내가 부모처럼 온몸으로 잡아당겨 이 세상으로 되돌린 생명이었다. 오르페우스처럼 끝없이 따라가다가 결국 뒤돌아본 탓에 좀비 같은 모습을 하고 있다 해도 데리고 돌아온다, 나는 그런 일에 지지 않는다, 그 정도 다짐으로 근근이 다잡은 생명이었다.

그래서 나는 사가와 달리, 타인을 질투하거나 동요하는 일이 전혀 없다. 어쩌면 사가 덕분에 그럴 수 있는지도 모른다.

다만 그런 풍파를 볼 때마다 이 세상은 아무 일도 일어나지 않는 장소가 아니라는 것을, 아무 일도 일어나지 않는 세계를 꿈꾸다 스러져 간 엄마의 생명을 곰곰이 생각한다.

다카마쓰 씨가 넌지시 했던 말이 기억난다.

"이 여자아이가, 이 남자아이를 평생 돌본다면, 그리고 자손이 생겨서 미래로 이어진다면, 어른들이 모두 죽어도 여지가 남는 거잖아. 그렇다면 그쪽을 선택하자고. 자기가 없어진 다음의 인생을 걱정한다는 건 부모의 이기심이야. 나도 가능하면 다들 살아 줬으면 해. 나 하나 죽는 것으로 충분해. 게다가 아직은 살 마음이니까."

머지않아 그를 잃게 되리란 사실에 절박해했던 것은 엄마들뿐이었다.

나는 다카마쓰 씨만 믿는 두 엄마의 눈빛이 무서웠다. 자신들은 그렇게 소중히 여기지 않는 듯이 보였기 때문이다.

왜 두 엄마는 마지막까지 살려고 하지 않았을까. 그만큼 다카마쓰 씨에게 의지해도 된다고 여겼던 것일까. 그의 얼마 남지 않은 생명에는 상당한 부담이었을 텐데.

지금도 모르겠다. 정말 이해가 안 된다. 무슨 수를 써서라도 살아 있었다면 좋았겠다고 생각한다. 경제적인 불안감이 컸다는 것은 안다. 내 학비 따위는 다 써 버려도

새들

아무 상관없었다. 모두들 목숨보다 중요한 것은 없다고 입버릇처럼 말했으면서.

어른이 되고 보니, 그녀들이 현대 사회에 지쳐 다카마쓰 씨가 그리는 이상 세계만 바라보았다는 것을 잘 알겠다. 그렇다면 그 뜻을 이어 밭이든 정원을 가꾸면 되지 않았을까. 엄마는 혼자서 우리 둘을 키울 자신이 없었다. 그 심정도 이해할 수 있다. 그래도 같이 일하면 되는 일이다. 우리는 학교에 가지 않아도 좋았다.

지금 같으면, 지금 나이의 우리였다면, 부모와 얘기해서 막을 수도 있었을 텐데. 길게 보면 그런 작은 오차로 결정되고 말았다. 아무것도 하지 못한 사이에.

혼미한 상태에서도 모두의 죽음을 용인하지 않았던 다카마쓰 씨, 수면제를 복용하는 안락사를 원했지만 일단은 포기하고, 모두에게 살아 있으라고 말하면서 결국 구급차에 실려 가 병원에서 죽은 다카마쓰 씨의 심정을 충분히 헤아렸다면, 두 엄마는 살았어야 했다.

지금도 그 점은 수수께끼여서 답답하다.

그 답답함이 때로, 우리가 아직 모를 뿐 인생이란 정말 감당하기 어려울 만큼 버거운 것은 아닐까 하는 공포

와 함께 나와 사가를 덮친다.

"계산대에 있던 그 여자, 사가를 좋아하나 봐. 안달하는 눈치던데."

가게 앞 주차장에서 나는 말했다.

말해 놓고 보니 질투를 하는 것만 같아 슬펐다.

그리고 그런 말을 할 때면, 그 여자에게는 가능성이 많고, 미래도 있고, 나만 거기에서 없어질 듯한 절망적인 기분이 들었다.

"왜 그렇게 질투가 심해. 그런 데다 있지도 않은 일을 걱정하고. 오래전에 하야마 씨에게 좋아한다는 말을 듣기는 했어. 그래서 미안하지만 나는 좋아하는 사람이 있고, 그 사람과 결혼할 거니까 안 된다고 했어."

사가가 말했다.

"거봐, 맞잖아."

나는 말했다.

"질투는 네가 더 심하지. 그리고 넌 내게 그런 말 하지 않잖아."

"좋아한다는 말?"

사가가 되물었다.

"아니. 안 된다거나, 그런 말. 하야마 씨를 접할 때 같은 너의 일면을 전혀 보여 주지 않잖아. 이제 나라면 신물이 나는데, 그래도 차마 헤어질 수는 없어서 만나러 오는지 어떻게 알아."

나는 말했다. 목소리가 떨리고, 눈물이 흘렀다.

"그건 또 무슨 소리야."

사가가 말했다.

"마코 너, 머리 안에 네 목소리만 너무 꽉 차 있는 것 같다. 어떤 의미에서는 한가한 거고. 그런 생각만 하다 보면, 좋아하는 것도 알게 모르게 싫어져서 결국은 내가 차일 거야. 마코는 내게 하나밖에 없는 여자인데. 이상해, 그렇게 말하는 거. 난 언제나, 딱 둘만 남았는데 그 하나가 마코라서 얼마나 다행인지, 득 봤다고, 행운이었다고 생각하는데. 내가 지금 당장 너랑 결혼해서 같이 살면 기분이 풀리겠어? 그렇다면 그렇게 해도 좋아. 좀 더 넓은 곳으로 이사하고. 그런 때는 시설에서 돈도 빌려주는 것 같으니까."

사가가 말했다.

"정말? 정말이야?"

내가 물었다.

"그래, 난 괜찮아. 어차피 언젠가는 그러려고 했고. 달리 갈 곳도 없고. 아아, 이렇게 솔직하게 말하는 게 아니었나?"

사가가 말했다.

"아니…… 그런 건 상관없어. 난 사가는 빵의 세계로 가고, 나는 연극의 세계로 가서, 새로운 세계로 길이 점점 갈라지는 게 무서워. 우리 이제 곧 아이라고 할 수 없는 나이가 되잖아. 그리고 어른이 될 수 없는 어른 손에서 자랐으니까, 우리 앞에 놓인 미래는 전부 미지의 세계잖아? 그게 너무너무 무서워."

눈물이 하염없이 흘렀다. 사실을 사실대로 말하자, 모든 것이 아프게 가슴을 찔렀다.

말로 하고서야 자기 마음을 아는 일은 언제든 있다.

나는 앞으로 나아가고 싶은 마음이 조금도 없어 계속 한 자리에 머물러 있는 상태였기 때문에, 억지로라도 나아가게 해 줄 아기를 기다렸던 것이다.

"아주 어렸을 때부터 같이 있었으니까 어쩔 수 없지.

새들

시간은 흘러가. 언젠가는 어른이 되고. 당연하잖아. 서로 관심의 대상이 다르고, 성별도 취향도 달라. 어른이 되어 가면서 차이가 생기는 건 어쩔 수 없잖아. 하지만, 그런 거야? 우리가 공유하고 있는 게 그렇게 얕은 거야?

나는 반죽을 빚어 빵을 굽는 게 즐겁고, 그 빵이 인기가 있으면 기분도 좋아. 돈이 모여서 우리의 미래를 뒷받침해 주는 건 그렇게 중요하지 않지만, 그래도 기분은 좋아.

너도 연기에서 재능을 발휘하게 되면 기분이 좋겠지.

우리의 빵과 연극은 우리 부모의 정원과 텃밭 같은 것인지도 몰라. 우리가 어른이 되지 못하고 좌절만 해도 아무 문제 없고, 그렇게 될 수도 있어. 깨끗하지만 볼품없는 옷을 입고, 꿈도 이뤄지지 않아서 답답하고, 계속해서 가난하게 살 가능성도 얼마든지 있어. 하지만 거기에 흐르는 마음가짐은 우리가 어떻게 하느냐에 달렸다고 믿어. 이런 시대에 그 외에 뭘 믿을 수 있겠어?

우리는 서로를 딛고 있는 존재니까, 그럴 수 있는 거야. 무슨 일을 하든, 정원과 밭을 일구는 방식과 철학이 그 과정의 기본에 있는, 이 세상에 딱 둘밖에 없는 인재라는 건 확실해.

주위를 봐라, 다른 것을 배워라, 지금 이대로는 안 된다, 매일 그런 걸 느껴야 하는 시대야. 하지만 스스로 결정했다면 그냥 여기 있어도 괜찮잖아. 인생은 한 번뿐이고, 스스로 선택하는 거야. 그 사람들도 선택하지 않았던 게 아니야. 그게 이상한 길이었어도 스스로 선택했다는 사실만은 존중해 줘도 좋잖아. 절대 좋아할 수 없는 선택이었고, 만약 의식이 있다면 지금쯤 후회하겠지만, 나는 그렇게 생각해. 다카마쓰 씨도 즐거움과 친근함만 가지고 쉽게 공동생활을 시작한 걸 지금쯤 후회하고 있을지도 모르지. 모든 게 잘 돌아가서 행복하게 오래 지속되면 다 되는 게 아니라고. 결론적으로는 실패한 도전이었을지 몰라도, 끝까지 그렇게 살다 간 사람들은 숭고하다고 생각하고, 의미가 없는 것도 아니야. 우리가 희망을 잃지 않으면 그들의 꿈까지 살 수 있는 가능성은 아직도 많아.

남겨진 우리는 피차 불안정하고 아직은 어린애야. 하지만 뭔가 확실한 것은 갖고 있다고 생각해. 네 말대로 아이는 아직 생기지 않았어도 말이야."

사가가 말했다.

"그거, 너 자신을 진정시키기 위해 하는 말 아니니?

난 말이지, 훨씬 더 멍청해. 더 단순하고, 인생을 더 그세 생각하지 못해. 추상적이지 않다고. 나는 젊은 남녀가 섹스를 하면 바로 아기가 생기는 줄 알았어. 그런데 계속 이런 상태라 너무 당황스러워. 오지 않을 걸 기다리며 괴로워하는 기분이라고, 언제나."

나는 여전히 눈물을 흘리면서 말했다. 갖가지 색의, 돌아갈 곳이 있는 차들. 쉴 새 없이 오고 간다.

"그런 게 아니지. 그냥 너는 뭐랄까, 좀 메르헨적이야. 깔끔하게 정리되어 있다고 할까, 유리 세공품 같다고 할까, 한쪽만 있다고 할까. 그리고 머리에 감정적인 말이 너무 많아. 그렇게 감정이 많으면, 살아가기가 고통스럽잖아. 그렇게 심각하게 생각하면 언젠가는 궁지에 몰릴 거야. 좀 더 적당해도 괜찮아. 나를 산이나 길이라고 생각하면 어떻겠어? 언제나 그 자리에 확실하게 있는."

"산이나 길."

내가 말했다.

애리조나의 산과 길을 떠올리면서. 동네를 지나 강을 따라가다 보면 캠프장이 있는 그 싱그러운 길. 그리고 빛. 멀리 보이는 반짝이는 산들의 음영.

불현듯, 조금은 마음이 넓어진 것처럼 느껴졌다.

옛날에는 늘 그랬을 텐데.

나는 언제나 더없이 행복했다. 행복해서 고맙다고, 매일 밤 신에게 인사하면서 잠들었다. 부모들은 이 세상에서 가장 행복한 아이, 가장 안정된 아이라고 했다.

그 무렵, 사가는 그 존재를 잊어버릴 만큼 언제나 눈에 보이는 가까운 곳에 있었고, 별일이 없어도 매일 마주쳤고, 없을 때는 나중에 만날 수 있으니까 괜찮다고 아무렇지 않게 생각했다.

실제로 어? 오늘은 사가가 없네, 하는 날도 있었지만 사가는 다카마쓰 씨가 운전하는 경트럭을 타고 반드시 돌아왔다. 짐칸에서 잠들어 있거나, 피곤해서 뚱하거나, 벌레에 물려 울상이거나, 그런 여러 가지 경우가 있었지만 얼굴을 마주하면 끝에는 언제나 웃는 표정으로 하루를 마감했다.

소파나 바닥에서 놀다가 사가와 곧잘 들러붙어 잠이 들곤 했다. 몸의 일부분이 사가의 차가운 몸에 닿아 있었다. 그러다 둘 다 몸이 따뜻해지면 잠이 들었다. 그럴 때면 어른들 중 누군가가 우리에게 담요를 덮어 주었다. 따끔거

새들

리지만 따뜻한 담요, 그 낡은 털 냄새를 기억한다.

"산이나 길이 어떻게 해 주는 경우도 있잖아. 그 열린
존재의 느긋함으로."

사가가 말했다.

"그 시절처럼 늘 주위에 사람이 있어서 안심되는 느낌
이 아니라 우리 둘밖에 없으니까 긴장하는 건지도 모르
겠네. 그리고 우리가 생식에 가장 적합한 나이가 된 이유
도 있을 거야. 다른 것에다 정신을 팔면 아기가 생길 리
없는걸 뭐. 그리고 여기에는 달도 없고 끝없는 하늘도 없
어. 정신을 산만하게 하는 게 너무 많아."

내가 말했다.

"너 또 그 얘기다. 정말 아기가 갖고 싶은가 봐. 그리고
네 말은 어떤 의미에서 사실이기도 하고, 여자가 몸으로
느끼는 실감으로는 맞는 거겠지."

그렇게 말할 때 사가가 보여 준 신뢰감이 가슴에 묵직
하게 다가왔다.

그렇다, 나는 그저 투정을 부리고 있는 게 아니다. 뭔
가가 조금씩 이상하게 어긋나는 느낌, 바로 아기가 생기
지 않는 사태였다.

그런데 매일처럼 아직 젊으니 걱정 마라, 젊음을 즐겨라 하는 얘기를 듣고, 동급생들이 철없어 보이곤 하면, 내가 잘못 생각하고 있는 듯한 기분이 든다. 아니, 본의 아니게 그렇게 되어 버린 듯한 이상한 기분이 든다. 꿈속에 있는 듯한, 내 인생의 주도권을 내가 쥐고 있지 않은 듯한.

"나는 남자라서 그렇게까지는 못 느끼지만, 그래도 아이를 싫어하는 건 아니야. 전혀. 마코 네 말처럼 팀으로 살아가는 데 익숙하니까. 잘 안 풀리면 안 풀리는 대로 머릿수가 늘어나면 한편이 더 생겨서, 나쁜 것들과 숫자로 겨룰 수 있을 것 같기도 하고."

사가가 미소 지었다. 덩달아 눈 속의 빛도 가늘어져 무척 아름다웠다. 내 마음에도 그 빛이 비치고 깃든다.

"언제나 꿈에 나오는 그 협곡. 거기가 나를 부르고 있어. 그 부름이 계속되는 한 행복할 수 없을 것 같아. 그런데 만약 아기가 생기면, 사가와 내가 두 배가 되는 거니까 든든하잖아.

그리고 혹시 어른들 중에 누가 다시 태어나 도와주러 올지도 모른다고 생각하면, 마음이 든든해.

그렇잖아, 우리 가족, 하나 둘 줄어만 갔는걸. 그 줄어드는 느낌을 평생 잊지 못할 거야. 얼마나 무서웠다고. 그렇게 되지 않기를 바란 일이 결국 다 사실이 되어서 더 무서웠어. 나, 한 번이라도 좋으니까 늘어나는 걸 보고 싶어."

내가 말했다.

우리를 빙 둘러싼 붉은 바위산이 마치 괴기한 악마처럼 우리를 내려다보고 있다. 하늘은 새파랗지만 둘러싸여 있어서 좁고, 그 상쾌함에는 도저히 손이 닿지 않는다. 이제 부모가 없다, 조금 전까지 살아 있었는데, 정말 죽고 말았다. 어떻게 이런 일이 있을 수 있나. 그 끔찍한 기분이 되살아난다. 과거에 무수히 피가 흘렀던 대지가 아직도 피를 요구하고 있다. 그 임팩트를 재현하고 싶어 신음하고 있다. 그 앞에서 자그마한 사랑과 귀여운 대화와 손바닥의 온기, 그런 것이 지니는 힘은 흩날려 사라지고 만다. 여기는 지옥이니까 한 번 눈이 마주치면 끝이다, 평생 나갈 수 없다. 어디에 있든 우리의 생은 저주에 갇혀 있다.

"나가는 곳이 없는 협곡이지. 보인턴 캐넌이야. 네가 꿈에서 몇 번이나 봤다는 얘기를 들은 후로, 나한테도 그 이미지가 종종 찾아와. 마치 내가 그 꿈을 꾼 것처럼 말이야.

그래서도, 그 두려운 마음을 없애기 위해서도, 언젠가 한번은 가려고 하는데. 우리 엄마들이 그곳에서 같이 죽은 건 아닌데, 왠지 이미지 속에서는 피를 흘리며 그 대지에 누워 있어. 언젠가는 그 비밀을 정면으로 마주 보고 극복하고 싶어."

사가가 말했다.

"내 안에서도 그 장소가 가장 불길해. 우리 엄마는 그 바위산을 두 사람과 딱 한 번 트레킹했을 뿐인데, 거기에서 아주 무거운 무언가를 갖고 돌아온 듯한 기분이 든다면서 그 산을 무척 두려워했어. 죽기 직전에 정신 상태가 이상했을 때도, 나처럼 몇 번이나 꿈에 보인다고 했고. 거기서 본 비전이, 우리를 포함해서 모두가 죽는 것이었다고 했어. 유령의 도시 제롬에 있는 유령 호텔 이상으로 무서워했어. 어느 정도였는지 상상이 안 돼. 그러니까, 아직도 우리를 부르고 있는지도 몰라. 그 토지에 밴 죽음의 냄새가."

"유령 도시 제롬의 유령 투어. 아, 옛날 생각난다."

사가가 웃었다.

지금은 관광지가 되었지만, 세도나에서 비교적 가까운

곳에 폐광이 있는 유령 도시가 있다. 그 언덕 위에는 반드시 유령이 나온다는 오래된 호텔이 서 있었다.

다들, 특히 나와 사가는 흥미로워하며 호텔 안에 들어가 보겠다고 했는데, 우리 엄마가 무섭다며 절대 들어가지 않겠다고 울먹거리면서 고집을 부려 호텔 안까지는 들어가지 않았다.

그 동네에 들어섰더니 갑자기 하늘이 어두워지고, 안개가 낀 것처럼 눈앞이 부예지면서 가게들 내부가 전혀 보이지 않았던 기억이 난다. 사람들도 자연스럽게 걸어 다니는데, 그 이상으로 자글자글하고 무거운 기척으로 가득했다. 정말 위험한 곳인 듯하군, 안 가기를 잘 했어, 하고 다카마쓰 씨는 말했다.

"'인챈트먼트'에 묵어도 괜찮아. 나 아르바이트해서 모은 돈도 조금 있고. 축제 끝나면 또 아르바이트 시작할 거니까."

"호, 그 리조트 호텔. 너무 비싸서 레스토랑은 한 번도 못 가겠지. 빵이나 감자 칩을 사 들고 와서 먹을 수밖에 없을걸. 방도 아마 꽤 넓을 텐데. 긴장될 것 같다."

사가가 웃었다.

"그래도 괜찮아, 둘이 있으면. 그리고 가끔 환경이 바뀌면 뭘 해도 재미있을 거야. 거의 집 한 채를 사용하게 될걸. 밖에서 본 적밖에 없지만."

내가 말했다.

보인턴 캐년의 트레킹 코스는 그 고급 리조트 호텔을 따라 나 있다. 광활한 땅에 단독 코티지가 무수히 많았다. 건물은 경관을 해치지 않게 협곡의 바위와 비슷한 적갈색이었다.

우리는 절반쯤 호텔 주위를 따라 트레킹하면서 줄곧 그 호화로운 외관을 바라보고, 언젠가는 저 안에 들어가 보고 싶다고 말했다. 춤추듯 노래하듯 걸으면서.

처음에는 느낌이 좋았다.

다카마쓰 씨는 잘 걸을 수 없는 때여서 우리 엄마, 사가, 사가 엄마와 나만 그곳에 갔다.

처음에는 기분이 좋아서 같이 노래하던 엄마가 트레킹 코스가 끝나는 지점이 가까워지자 점점 말이 없어졌다. 피곤해서만은 아니었다.

그리고 겁에 질린 눈빛으로 협곡을 올려다보았다. 엄마가 그런 표정을 짓는 건, 언제나 좋지 않은 뭔가를 마

새들

음의 눈으로 봤을 때라는 걸 나는 알고 있었다. 내게는 보이지 않는, 하지만 엄마에게는 무엇보다 확실한 것. 내 힘으로는 되돌릴 수 없다, 하고 느꼈다. 나는 엄마의 몸에서 태어난 엄마보다 작은 존재에 지나지 않았고, 엄마는 보다 큰 것에 한없는 동경과 경외심을 품고 있었다. 그 지점에 다다르자 엄마는 "힘들어서 더는 못 가겠어, 여기서 기다릴게." 하면서 바위에 앉았다. 우리 셋은 말없이 계속 걸었다.

사가도 그랬다. 사가는 보고 싶지 않은 것이나 느끼고 싶지 않은 것을 접하면 늘 마음을 닫은 표정이다. 그런 표정으로 사가는 그 길을 마냥 걸어갔다.

협곡 끝에 도착했을 때의 묵직한 절망감을 잊을 수 없다. 와서는 안 될 곳에 오고 말았다, 하고 생각했다. 잠시 앉아 골짜기에서 산들을 올려다보고는 얼른 그 자리를 떴다. 엄마는 하얗게 질린 얼굴로 여전히 길바닥에 앉아 있었다. 대체 뭘 본 것일까, 뭘 느낀 것일까.

그곳에 간 탓에 그녀들이 다소 죽음을 재촉했다, 그런 생각이 들어 견딜 수 없었다.

"갈 수 있으면 가 보자. 다른 시각에서 볼 수 있을지도 모르잖아. 그냥 관광지로."

사가가 나를 뒤에서 꼭 껴안고 말했다.

사가는 옛날부터 내가 질투를 하면 유난스레 기분 좋
아했다.

말도 안 되지, 하고 생각하면서도 만나서 기뻤다. 여기
까지 와서 빵을 사면서도, 사가가 공장에서 바빠 만나지
못하는 일이 종종 있었다.

"어쩜 그렇게 낙관적이야."

내가 말했다.

"혼자가 아니니까."

머리 뒤에서 사가의 목소리가 꿈처럼 부드럽게 울렸
다. 성(性)의 향내가 나는 달콤하고 어두운 꿈이다.

"불러내서 미안해요. 오늘 처음 만났는데, 꼭 하고 싶
은 얘기가 있어서."

그녀가 말했다.

"사가 씨에게 벌써 들었겠지만, 나 깨끗하게 차였어요.
그렇게 단시간에 차인 적이 없을 만큼 빠르게. 이제 다 잊
었어요. 그러니까 이상한 마음은 없어요. 그냥 얘기를 하

고 싶었어요."

잔에 빛이 비쳐, 와인이 엷은 색 루비 같았다. 오랜만에 여자와 함께 술을 마셔서 그런가 어쩐지 마음이 조금 밝았다.

사가가 주방으로 돌아가자마자 가게 안에서 갑자기 한 여자가 뛰어나와, 얘기가 하고 싶으니 다른 장소에서 만날 수 없겠느냐고 했다.

하야마 씨는 키가 작고 눈이 동그랗고, 해맑은 사람이었다.

나는 약간 관심이 생겨, 그리고 나 자신을 약 올려 주고 싶은 마음도 들어서, 그리고 무엇보다 내 눈을 흐려진 채로 놔두고 싶지 않아서 이것저것 묻고 싶었다. 예상 외로 마음이 편했다.

그녀의 아르바이트가 끝나면 같이 술을 마시기로 약속했다. 사가에게는 말하지 않았다. 학교 친구 만나고 갈 거니까 나중에 집으로 와, 하고만 말했다.

"사가는 나랑 있는 게 좋은 게 아니라 그냥 자연스러운 걸 거예요. 알고 지낸 지가 오래니까."

내가 말했다.

"알아요. 결국 내가 비집고 들어갈 틈이 없을 정도로 두 사람 사이가 진짜라는 걸 안 거죠. 난 그냥, 내가 좋아했던 사람이 좋아하는 사가와 마코 씨가 어떤 사람인지, 정말 궁금하고 부럽기도 해서, 잠시 얘기를 나누고 싶었어요."

하야마 씨가 말했다.

"아주 딱 부러지게 차였거든요. 결혼 상대가 정해져 있다고 하면서 매몰차게요. 개미가 기어 들어갈 틈도 없을 정도로. 이런 표현이 옳지 않다는 건 알지만, 정말 그 정도로 단호했어요."

"그래도 내 결혼 상대는, 가게에서 하야마 씨에게 곤란한 일이 생기면 도와줄 거예요. 그건 내가 평생 볼 수 없는 또 다른 모습이죠. 그러니까 나 역시 하야마 씨가 부러운지도 몰라요."

내가 말했다.

"아아…… 그럴 수도 있겠네요. 하지만, 나는 완전히 포기했으니까 괜찮아요. 그리고 어찌어찌하다 다른 사람에게 고백을 받아서, 지금은 그쪽으로 마음이 기울었어요. 근처에 사는 아주 명랑한 사람이에요. 우리 가게 빵

새들

도 무척 좋아하는 단골이고, 회사 배구단에서 활동하고, 가족도 알고 있어요. 다시 말하지만 난 사가와 씨가 어떤 사람인지 궁금해서, 꼭 만나 얘기하고 싶었을 뿐이에요."

하야마 씨가 말했다.

"사람이 하는 말은 늘 그 사람 안경으로 본 것이라서 신기한 느낌이 들어요. 하지만 내게는 절대 보이지 않는 걸 보는 거겠죠. 그러니까 하야마 씨 눈에 비친 나와 사가는 꿈같은 존재가 아닐까 해서, 그걸 되찾고 싶은 심정으로 나왔어요. 사가에게 접근하고 싶어서 내게 접근한 건 아니라는 걸, 아까 주차장에서 그쪽 눈을 봤을 때 알았어요. 만약 삐딱한 마음을 품고 있었다면, 보나마나 내가 알고 피했을 거예요.

난 지금 대학에서 내가 좋아하는 걸 배우고 있지만, 상당히 어중간한 상태예요. 사실은 벌써 오래전에 사가의 아이를 낳아 키우고 있어야 하는데. 모두들 아직 젊으니까 그렇게 조급하게 굴지 말라고 해요. 사가마저도 그러고.

그리고 일본에 올 때 그렸던 것과 지금이 너무 달라서 그저 놀랍고 당황스러워요. 그런 때는 인생의 파도를 거슬러서는 안 된다고 배웠어요. 우리 부모들, 그러니까 우

리 엄마와 사가의 엄마와 그들의 선생님이요. 그래서 연극
도 하고, 혼자 살기도 하고, 사가가 만든 빵을 사러 가 보
기도 하는데, 아무래도 뭔가가 미진한 기분이 들어서, 아
기를 기다리다 지쳐 버린 것 같아요."

나는 말했다. 그리고 나도 그렇게 누군가를 한 번쯤은
좋아하고 싶었는데, 하고 생각했다.

빼도 박도 못하는 인연으로 만난 게 아니라, 점차 가
까워지고 마음을 쓰게 되는 그런 만남을. 사치라는 건 안
다. 사가와의 관계를 많은 사람들이 부러워했다. 이런 만
남도 한두 번이 아니었다. 반대 경우도 있었다. 나를 쫓아
다니는 남자를, 사가가 둘이 찬찬히 얘기해서 떨어 낸 적
도 있었다.

우리처럼 압도적인 것을 지니고 있는 사람 앞에 있으
면, 어떤 유의 사람들은 흥미를 느낀다. 그뿐이다.

그런 때는 늘 안절부절못하거나 질투할 것만 같은 자
신을 꾹 억누르고 모든 것을 본다, 그렇게 다짐하고 있다.
일이 이상하게 돌아가서 사가를 잃어도 잘 서 있을 수 있
을지, 자살은 하지 않을지, 언제나 자신을 확인하면서.

부모의 자살을 겪은 사람들은 그게 기준이지 않을까

한다. 그렇지 않은 사람도 있겠지만, 나는 항상 그랬다. 언젠가 나도 그렇게 될 듯한 기분이 든다. 그 협곡의 빛과 그림자에 쫓겨서.

그렇게 정하는 건 나인데, 지금의 나는 나도 아닌 것 같다. 기다리는 상태는 별로 좋지 않다. 마치 남아도는 시간을 그저 소모하고 있는 듯한 기분이 든다.

"여기서 태어나고 자랐고, 결혼마저 고령화된 시대를 사는 나는, 아직 젊으니까 그렇게 서두르지 않아도 되지 않느냐는 말밖에 할 수 없군요."

그녀가 말했다.

"나라도 그렇게 말할 거예요. 줄곧 사가의 아이를 낳는 일만 생각했어요. 쉽게 실현될 거라 여기고. 계획상으로는 지금쯤 셋은 낳았어야 하는데. 돈을 어떻게 마련하나, 그 고민을 했을 정도니까."

나는 말했다.

그녀는 눈을 동그랗게 뜨고 나를 바라보았다. 그리고 말했다.

"그런 걸 자연스럽게 생각할 수 있다는 점이, 두 사람의 만남이 운명이라는 뜻이겠죠."

"운명인지 뭔지는 잘 몰라요. 나, 열다섯 살 때부터 계속 임신하고 싶었는데. 이제는 시간이 많이 흘렀고.

하지만, 알아요. 인생에서 남녀 문제에 이렇게나 무게를 두는 내게 이런 말을 듣고 싶지 않겠지만, 이 세상에는 연애나 섹스 외에도 정말 멋진 게 많잖아요. 예를 들면, 좋은 흙⋯⋯."

내가 말했다.

"흙?"

아직도 눈을 동그랗게 뜬 채 그녀가 말했다.

나는 좋은 흙을 상상하고 있었다.

낙엽과 음식물 쓰레기로 만든 퇴비가 좋은 비료가 되면 손으로 잘 섞는다.

그 비료를 섞으면 흙이 부드러워진다. 얼굴을 묻고 싶을 만큼 따스하고 좋은 냄새가 나는 흙이 된다.

그 흙을 원래의 흙에 잘 섞는다. 혼연일체가 되어 흙의 기억이 뒤섞일 정도로 잘.

그런 흙에다 이번에는 적당한 마음을 담아 적절한 속도와 간격으로 모종을 쏙쏙 심는다. 단, 그 모종은 조그만 화분에 씨앗을 뿌려 매일 바라보며 칭찬하고, 정성스

새들

럽게 가꾼 모종이다.

매일 지켜보고, 물은 과하지 않게 주고, 햇볕은 넉넉히 쬐이고, 살짝살짝 말을 걸면서 키운다.

기원하거나 무거운 얘기를 섞는 것은 좋지 않다.

어디까지나 친구에게 넌지시 인사를 건네듯 한다. 그렇게 하도록 유념하지만, 고민이 있는 날은 그 얘기를 하기도 한다. 한마디로 적당히 하는 것이다. 벌레가 생기면 손가락이나 젓가락으로 집어내고, 심할 때는 식초나 숯으로 만든 액을 분무기로 뿌려 준다.

인간의 속도에 맞춰 멋대로 이파리를 떼거나 뿌리를 뽑거나 전체적인 모양을 바꾸지 않도록 주의한다. 그저 좋은 마음으로 대하면 충분하다.

온 인생이 자신의 기분과 목표로 구성되어 있다면 갑갑해서 살 수 없고, 어떤 일화도 끼어들지 못한다. 절반은 바깥쪽에서 오는 것이니, 사람은 그에 반응하고 움직여 그럭저럭 살아갈 수 있는 것이다.

날씨와 키우는 법, 그런 것들의 흐름을 따라 보살펴 주면 대개 밭은 70퍼센트 정도는 답해 주니까 적당한 기쁨이 찾아온다. 100퍼센트를 추구하는데 70퍼센트에서

90퍼센트 사이만 답해 주니까, 우연히 좋은 향내도 맡을 수 있는가 하면 아쉬움도 알맞게 있어, 마침 좋은 기분을 만끽할 수 있다. 선물 같은 느낌이 든다. 그런 것이 전혀 없어도 또 내년이 있다. 살아 있으면 내년이 있고, 내년까지 쉴 수도 있다.

그런데 내 몸이 그 속도를 언제부터인가 잃어버리고 말았다. 밭을 일구지 않기 때문이리라. 자신이 가꾼 것을 먹는 행위는 무척 리얼하다. 그럴 때는 시간의 흐름과 머릿속이 조화로워 자전거의 앞뒤 바퀴처럼 잘 돌아간다.

옛날에는 그런 식으로 잘 흘렀던 나의 생활이 완전히 인간 중심이 되고, 다달이 생리가 올 때마다 점점 좁아져 지금은 원래 상태가 기억나지 않을 정도다.

인간 중심의 시스템은 전혀 갖춰지지 않았다. 자연과 마찬가지로 절반은 상대에게서 오는데, 혼자서만 빙빙 헛돌거나 안달하고, 괴로우니 빨리 해결되었으면 좋겠다고 바라고, 상대를 밀어붙이고.

"좋은 흙은 따뜻해요. 그 품에 폭 안기고 싶을 정도로. 그리고 인공 비료는 그야말로 전자레인지 같은 거라서 영양은 쉽고 빠르게 취할 수 있지만 따뜻함은 고르지 못하기 때문에, 손은 차갑고 머리는 뜨거운 인간처럼 식물도 일그러진 미숙아로 자라죠. 그 차이가 채소의 맛에도 엄연하게 드러나요. 결국 자연은 이기지 못해요. 시간의 간격만 크게 볼 수 있으면, 이 세상의 모든 일은 대부분 자연이 해결해 줘요. 서두르는 건 인간 사정이고, 아무튼 인간은 아무것도 하지 않아요. 이 세상에 그저 있을 뿐이라고 할 정도로."

내가 말했다.

"아, 그렇다고 내가 전자레인지를 싫어한다고는 생각지 말아요. 물론 사용하고 있으니까. 우유나 밥을 데울 뿐이지만. 좀처럼 사용하지 않고, 또 중고를 산 거지만."

"사가와 씨, 역시 재미난 사람이네요. 겉만 봐서는 전혀 모르겠어요."

하야마 씨가 웃으면서 말했다.

"기분 나쁘게 굴면 좀 심술을 부릴까 했는데, 미쓰노 사가 씨와 똑같아 보여요. 두 사람이 비슷한 감촉이에요. 뭔지 모르게 절박하고, 애틋하고, 사랑스럽고, 심오해요."

"나는, 여자가 그리워요. 아, 이상한 의미에서가 아니라, 엄마가 없어서. 게다가 늘 울퉁불퉁한 사가와 있어서,

여자 목소리나 웃는 얼굴이 막 그리워질 때가 있어요. 그런데 대부분의 여자는 심보가 고약하고, 비교하고, 아무튼 안 좋아해요. 그래서 이렇게 가끔 억지로라도 여자를 만나는 거예요. 지금 물을 꿀꺽꿀꺽 마시는 것처럼 여자다움을 섭취하는 느낌이에요."

나는 웃었다.

"그런 말이 어디 있어요."

하야마 씨도 웃었다.

"가끔 진짜 친구가 생길 것 같다 싶으면, 사가가 쫓아버리는걸요. 정말 심각하다고요. 지나치게 생각지 않으려 하지만."

내가 말했다.

"그렇다면, 연애를 넘어섰네요."

하야마 씨는 그렇게 말하고 맥주를 한 모금 마셨다.

그렇게 잘 모르는 사람과 술을 마시고, 시간을 보내고, 웃었다.

그 웃는 얼굴을 나는 소중히 안고 가려고 한다. 전리품으로서가 아니라 사가를 좋아했지만 그 사랑을 이루지 못한 동료로서.

새들

사가가 영원히 좇고 있는 사람은 자기 엄마뿐이니까.

나는 절대 못 따라간다. 몇 살이 되든, 얼마나 아름다워지든, 성격을 얼마나 개선하든.

"오래도록 자연을 가까이하면서 살아온 탓에 사람을 꺼리게 된 것일까요? 우리 사이에서 미쓰노 씨는 고집스럽기는 해도 효모의 목소리를 듣는 사람으로 통해요. 사가와 씨도 사람들과의 교류를 그리 좋아하지는 않을 것 같은데요."

하야마 씨가 말했다.

"그걸 나도 잘 모르겠어요. 다만, 그런 때에도 자연을 생각하면, 마음속 좁은 방에 바람이 조금은 통하는 듯한 기분이 들어요. 그 덕에 이 콘크리트 숲 같은 장소에서도 그럭저럭 견디는 거겠죠."

나는 솔직하게 말했다.

"게다가 생식은 큰 문제잖아요. 나이와 더불어 몸이 멋대로 그쪽을 향해 가니까. 하지만 요즘 세상에 아이를 마음 놓고 쑥쑥 낳을 수도 없으니까 연애에 매달리는지도 모르죠. 또 일부일처제가 사회적으로 편리하게 작동하고 있으니까. 인간의 질투심과 독점욕을 교묘하게 도입

한, 아주 그럴듯한 시스템이잖아요. 만약 내가 아이를 많이 낳았더라면, 사가를 이렇게 애틋하게 여기지 않았을지도 몰라요. 훨씬 더 느긋하게 대처할 수 있었을 텐데. 아아, 이런 말을 할 수 있어서 정말 다행이에요."

나는 말했다.

"사가와 씨는 너무 깊어요. 그리고 이해도 너무 잘하고. 좀 더 여러 가지 여지를 남겨 두세요."

하야마 씨가 말했다.

"부모들에게 여지와 여분의 공간이 있는 게 좋다는 말을 계속 들었는데도 그러네요. 부모들이 신흥 종교 신자였기 때문이라 그런지, 나는 잘 안 풀리는 일이 있으면 전부 말로 해 버려요."

나는 말했다.

나무 테이블에 비친 와인의 붉은색과 맥주의 투명한 노란색. 술을 마시러 오지 않고는 볼 수 없는 아름다운 광경에 나는 황홀한 기분으로 하야마 씨에게 감사했다.

사가는 밖에서 마시면 돈이 아깝다고 하는 성격이다. 나는 레드 와인은 어떤 라벨이든 좋아하고, 사가도 현지에서 자라 캘리포니아 와인을 좋아한다. 좋은 물건을 싸게 파는 때가 있으면 사 들고 와 집에서 마시곤 한다. 하지만 내 방은 좁아서 기분이 그다지 달라지지 않는다.

요즘 사가는 간혹 술에 취해서 찾아온다.

흔치 않은 일이지만, 좋은 경향이라고 생각한다. 기숙사 방에서 동료들과 소주만 마신다. 처음 생긴 남자 친구들과 노는 게 재미있어 죽을 지경이겠지, 하고 나는 생각했다.

내가 미사코나 하야마 씨와 시간을 보내며 그 목소리의 톤과 자태와 여자 특유의 충동적인 태도에 뭐라 말할 수 없는 안도감과 푸근함을 느꼈던 것처럼.

엄마, 하고 소리 내면 언제나 조금 울고 싶어진다.

녹아 가는 옷을 입을 만큼 별난 엄마였지만, 그래도 살아 있었으면 싶었다.

죽음이 아니라 나를 선택해 주기를 바랐다.

의논도 하고, 투덜거리기도 하고, 그 보드라운 손을 만지고 싶다. 나의 일상에는 우둘투둘한 사가의 어깨와 손밖에 없다. 그래서 이렇게 가끔이라도 여자를 만나면, 숨이 막혀 올 만큼 젊은 시절의 엄마가 그리워진다.

"엄마, 오늘 뭐 할 일 있어?"

내가 물었다.

늘 사람의 기척이 가득했던 그 조그만 집이 휑했다. 사람이 둘이나 줄었기 때문이다.

엄마는 등을 쭉 펴고 아침을 먹고 난 설거지를 하고 있었다. 닦고 정리하는 것은 내 일이었다.

엄마는 언제나 초록색 앞치마를 하고 있었다. 별거 없는, 얇은 앞치마. 그리고 여기저기에 퀼트처럼 천이 덧대어 있었다. 그럴 만도 하다, 내가 철이 들었을 무렵부터 늘 똑같은 앞치마였으니까.

"음, 오늘은 가게가 8시까지 하니까, 저녁거리 좀 가져올게."

엄마는 방긋방긋 웃으면서 말했다. 웃는 얼굴이 소녀처럼 해맑았다.

엄마는 키가 훌쩍 크고, 눈망울이 또렷하고, 웃으면 입술이 반달 모양으로 크게 벌어졌다. 마냥 자란 긴 머리는 볕에 그을어 갈색이었다. 눈가의 주름도 햇볕이 강렬한 세도나 생활 때문에 아름답게 깊어졌다.

"사가랑 집에 있는 거 그냥 먹을게. 소면도 있고. 그러

새들

니까 뭐 가져오지 않아도 돼. 엄마 먹게 샌드위치나 뭐 만들어 놓을 수도 있고. 참치와 오이 넣어서."

내가 말했다. 엄마의 앞치마 끈을 만지작거리면서.

"괜찮아. 팔고 남은 거 가져올게. 배고프면 감자 칩이라도 먹고. 그리고 빨래만 걷어 줄래?"

엄마가 창밖을 보며 말했다.

커다란 창문 밖에 있는 조그만 베란다에서, 파란 하늘을 배경으로 빨래가 팔락거리고 있었다.

"이제 빨래도 별로 없네."

엄마가 말했다.

전에는 훨씬 더 빽빽했다. 어른 셋과 아이 둘의 옷가지들이 빨랫줄이 짧다 싶게 널려 있었으니까. 담배를 피우면서 콧노래를 흥얼거리고, 빨래를 차례차례 너는 사가 엄마의 모습을 보는 게 좋았다. 그 광경도 이제는 영원히 상실되었다.

"그러게."

내가 말했다.

엄마가 허전해하는 듯 보였다. 방의 벽 속으로 꺼져 버릴 것만 같았다.

엄마 눈에서 눈물이 주르륵 흘렀다.

그 어떤 아기가 흘리는 눈물보다 순수한 눈물이었다.

"매일, 색깔이 더 알록달록한 빨래가 가득했는데. 남자 팬티도 있었고."

엄마가 말했다. 그리고 주저앉았다.

나는 엄마의 등을 쓰다듬으면서, "응, 많이 줄어서 허전하네." 하고 말했다.

엄마는 하염없이 울었다. 엄마의 커다란 체구가 어린 아이처럼 작아 보이고, 이 힘겨운 세상을 무사히 헤쳐 나갈 수 있을지 의심스러웠다. 다카마쓰 씨와 사가의 엄마가 그리워, 나도 눈물이 흘렀다.

내가 운다고 해서 엄마가 정신을 다잡을 것도 아니고, 사가는 아직 자고 있었고, 빨래는 허전하게 팔락거리고, 그래도 앞으로 며칠 이렇게 허탈한 날들이 지나고 나면 밝은 장소로 갈 수 있겠지, 하는 생각만 했다.

하야마 씨의 가녀린 어깨를 보면서 나는 그런 일들을 떠올리고 있었다.

한번 떠오르면, 언제든 마음속 기억의 영상이 한없이

흐른다.

달콤하고 정겹지만 음질이 좋지 않은 음악처럼.

"사람의 소원은, 어디까지 이루어질까?"

내가 말했다.

"대단한 걸 바라는 것도 아닌데, 조금만 불안해져도 절대 이루어지지 않을 거란 생각이 들어요."

두 엄마는 다카마쓰 씨가 죽을 때까지 그 뒤를 따른 다는 소망을 이루었지만, 지금 그 일을 어떻게 생각하는 지는 사실 알 수 없다. 후회하고 있는지, 뿌듯한 성취감을 안고 저세상으로 갔는지.

직감적으로 그 모습을 떠올리면, 천국에 있는 엄마는 늘 웃고 있다. 푸근하게 웃는 얼굴이라, 후회는 없다는 걸 안다.

하지만, 거기에 내 생각이 들어가면 전부 뿌예지고 만 다. 아, 그렇구나, 사가가 항상 정결히 하는 건 자기 생각 쪽이구나, 하고 매번 깨우치게 되는 순간이다.

"아기는 꼭 생길 거예요."

하야마 씨가 말했다.

"시간이야 많이 걸리겠지만, 십 년이든 더 오래든, 임신이 불가능할 때까지 기다리면 되잖아요.

생길 때는 하룻밤에도 생겨요. 그리고 막상 낳으면 아기는 손이 많이 가잖아요. 조카가 있어서 아기 키우는 게 얼마나 힘든 일이지 좀 알아요. 정신없이 바빠서 미쓰노 씨는 어떻게 되든 돌아볼 겨를도 없을 거예요. 그때가 되어서야 비로소 뭐가 이루어졌는지 알게 될지도 모르죠."

"그래요. 나도 그랬으면 정말 좋겠어요. 사가를 볼 때마다, 두 엄마가 죽는 장면을 떠올리는 게 과연 좋은 일일까 싶어서, 덮어 버리고 싶어요. 매번 드라마의 회상 장면처럼 그리고 있는 건 아니에요. 다만, 사가를 봐서 반가운 순간에도 그 장면이 언제나 밑바닥에 고인 앙금처럼 그림자를 드리우고 있는 것만 같아서. 아기만 생기면 그런 일은 없어지지 않을까 하고 늘 조급해져요."

내가 말했다. 내가 사가를 마냥 귀엽게, 사랑스럽게 쳐다보았던 것은 아주 어렸을 때뿐이다. 그 후에는 점차 '잃으면 어떡하지.' 하는 대상이 되고 말았다.

"두 사람 어머니가 어떻게 돌아가셨는지 모르니 경솔하게 말할 수는 없지만, 그 일은 이제 덮는 수밖에 없지 않을까 해요. 내 생각은 그런데."

하야마 씨가 눈을 반짝이며 말했다.

"내가 생각하다 그런 결론에 도달하는 것과, 남이 말해 주는 것과는 아주 다르네요. 지금, 기분이 밝아졌어요."

내가 말했다.

"그래서 타인이 필요한 거죠. 미쓰노 씨도, 사가와 씨도, 타인이 필요하다는 사실을 좀 더 좋은 방향으로 사용하세요. 그렇게 타인을 믿으며 돌아가신 어머니들이 있으니 더욱 그렇죠. 두 사람은 참 많이 닮았어요. 이 세상에 믿을 타인은 없는 듯한, 의지할 사람도 없는 듯한, 쓸쓸한 분위기. 그러니 더욱이 두 사람은 하나가 되어 새로운 역사를 만들어 가야죠. 지금은, 지금이니까요. 아기를 보러 갈게요. 그리고 나도 결혼해서 아이를 낳으면 놀러 갈게요."

하야마 씨가 말했다.

"아니요, 솔직히 타인과 그렇게까지 교류하는 건 부담스러워요. 같은 일이 다시 벌어지는 것도 곤란하고."

내가 말했다.

"하지만 그 마음은 고마워요. 관심을 가져 주는 것도 기쁘고, 이렇게 같이 마셔 주는 것도 고마워요."

하야마 씨는 파안대소하고는, 너무 솔직하다고 말했다.

"그럼, 우연히 또 만나요. 가게나, 길거리에서."

내 머릿속에 아이 손을 잡은 우리가 우연히 만나는 장면만 마치 실제 기억처럼 남았다.

빵 같은 냄새가 나네, 그렇게 생각했다.

왜 그런지, 새로운 일은 모두 환영처럼 느껴진다. 나는 이제 그 시절처럼은 사람과 지낼 수 없고, 가까이에 여자가 있는 생활도 할 수 없다. 그렇게 생각한다. 그래서 하야마 씨의 살아 있는 움직임이 무척 반가웠다. 유령만 있는 것도, 과거만 있는 것도 아니라고 생각되는 순간이었다.

"여자와 얘기하는 거, 정말 즐겁네요. 고마워요."

내가 말했다.

"그렇게 솔직한 감상을 불쑥 얘기하면 안 되죠."

하야마 씨가 웃었다.

"앞으로 가게에 오면 불러 주세요."

"빵 테두리 얻을 수 있어요? 그걸 바삭하게 튀긴 거 좋아하거든요. 살찌니까 많이는 먹지 않지만."

내가 말했다.

"언제든 드릴게요. 미리 전화해 주면 챙겨 놓을게요."

하야마 씨가 말했다.

새들

그러고 있는 동안에도 가게 안 사람들 모두가 뭐라 뭐라 조잘거려, 거품 같은 소리가 톡 톡 울렸다. 그 아름다운 분위기에 나는 빨래가 빽빽하게 널린 슬픈 장면을 잊었다.

동네에 인사할 수 있는 사람이 또 하나 늘었다. 이게 어딘가에 산다는 것이다. 이렇게 서로 알고는, 다양한 나라의 다양한 사람들이 우리 앞을 지나갔다. 아쉽고 슬프게, 가 아니라 풍경이 흐르듯 자연스럽게 흘러갔다. 이 동네에 우리가 언제까지 있을지는 알 수 없지만, 그래도 늘었다는 게 아주 조금은 반가웠다.

그날 밤, 정말 애틋한 것을 발견했다면서 사가가 들고 온 것은 우리 부모들이 젊었던 시절의 영상이었다. 방을 정리하다 찾은 비디오테이프에 들어 있던 것을 DVD에 구워서 소중하게 품에 안고 가져왔다.

나는 와인에 취해 꾸벅꾸벅 조느라, 사가가 들어왔을 때는 비몽사몽이었다. 지금이 언제인지, 어디 있는 건지 모를 정도로.

조금 전에 엄마가 있는 장면을 떠올렸는데, 정말 타이

밍이 절묘하다고 생각했다. 이렇게 같은 생각을 하는 날이 있으면, 이어져 있다는 게 확실하게 여겨져 행복하다.

하야마 씨와 한잔했다는 얘기는 굳이 하지 않았다.

"빨리 보고 싶다."

나는 얼른 전원을 켰다.

재생 버튼을 누르자, 그리운 목소리들이 잇달아 들려왔다.

세도나의 게스트 하우스 주방에서 매일 되풀이되었던 별거 아닌 대화, 와인 잔이 부딪치는 소리(사가의 엄마가 한꺼번에 여러 개를 옮기려 해서), 몇 가지 페이스트(주로 토마토 살사나 마늘 된장 딥)와 수제 빵. 창문에 비치는 강렬한 햇살과, 그 빛 속에 있는 젊은 날의 부모들. 다카마쓰 씨가 건강해서 즐거웠던 시절. 웃고 쑥스러워하는 그런 모습들이 잇달아 화면을 채운다. 어린 사가는 방구석에서 책을 읽고 있다. 지금과 똑같이 얼굴을 찡그리고. 그리고 나 역시 지금과 똑같이, 멍한 표정으로 빵을 먹고 있다. 다카마쓰 씨는, 마코는 뭘 먹을 때면 먼 곳을 본다면서 웃었다.

"인생에는 다양한 때가 있다는 걸, 이 사람들은 생각

지 못했겠지."

"우리도 언젠가, 어떤 큰 변화에 휘말려 자살하겠다는 생각을 하게 될까."

내가 말했다.

사가는 아무 대꾸가 없다가, 한참이 지나 말했다.

"우리 부모들이 우리에게 그런 저주를 걸었을 리 없지. 우리에게 그런 건 남기지 않았어. 오히려 우리가 살아 있어서, 그들이 죽을 수 있었던 거라고 생각해."

"자기네들 마음대로 가 버리고. 과제만 남겨 놓고."

내가 말했다.

"우리에게는 그런 모습을 별로 보이지 않았지만, 거의 한계에 달했던 거겠지."

사가가 말했다. 참 친절한 말이라고 생각했다.

"우리가 좀 더 컸다면, 그들의 말도 들어 주고, 금전적으로도 힘이 될 수 있었을까."

내가 말했다. 그 점에 대해서는 몇 번을 생각해도 안타깝기만 하다. 그 무렵의 우리는 구체적인 것은 전혀 몰랐기 때문이다. 도울 마음은 있어도, 자신이 어떻게 도울 수 있는지는 생각 속에서 현실로 이어지지 않았다.

"부모들이 천국에서 행복하기를 이렇게 바라는 우리를, 신은 절대 나쁜 아이들로 여기지 않을 거야. 만약 신이 있다면 그렇다는 거지만."

"나는, 다카마쓰 씨가 지금 더 좋아졌어. 그가 쓴 글을 읽어서 그런 거지만. 옛날에는 진짜 사기꾼이라고 생각했거든.

우리 엄마가 미인이라서, 그래서 은근슬쩍 다가왔을 거라고 의심했어. 그런데, 그런 어른으로 사는 게 얼마나 힘든 일인지 뼈에 사무치도록 알게 되었어.

매일 빵을 굽지만, 살아 있는 효모를 사용하니까 결과가 달라. 인간의 입맛도 매일 다르고. 날씨도 다르고, 오븐의 온도도 계절의 영향을 받고. 조금도 심심하지 않아. 오히려 무한한 세계로 들어가는 기쁨이 있어. 그런데 빵이 아닌 게 언제나 반드시 내게 영향을 미쳐. 그러니 차라리 빵만 생각하자고 생각하고 그걸 실행해 보는, 다카마쓰 씨는 그런 어른이었어. 그 고집스러움을 물려받고 싶어. 그 사람들의 사는 방식은 다소 극단적이었지만, 부정할 수는 없잖아. 게다가 마코 엄마는 여자 혼자 몸으로 우리를 키울 수 있을 만큼 다부지지 않았어. 그리고 그때

새들

는 이상한 미국인 아저씨가 옆에서 자꾸 꼬드겼잖아. 무엇보다 그 일이 네 엄마를 괴롭혔을 거야. 우리 둘까지 책임지겠다고 했던 집 있는 독신 남자."

사가가 말했다. 나는 고개를 끄덕이면서 말했다.

"그래, 끈질겼지. 정말 끈질겼어."

엄마는 타인이 자기 영역에 성큼성큼 들어오는 것을 무척 싫어했는데, 그 남자는 돈도 공간도 아이들과 함께 지낼 수 있는 권리도 모두 주겠다면서 상당히 일방적으로 꽃을 보내고, 식사에 초대하고, 옷을 선물했다.

그는 우리가 사는 조그만 동네에서 가장 부자였다.

물론 다카마쓰 씨의 먼 친척인 게스트 하우스 주인과 그 주변 사람들이 엄마와 우리를 보호하고 돌봐 주고 있었고, 이미 온갖 것에 결벽증을 보이고 의심이 깊어진 엄마 마음을 구슬리지는 못했기에 그의 친절은 별 소용이 없었다.

가게 뒤에 있던 우리 집 바로 옆 구역에 그의 전처와 그녀를 따르는 패거리들이 살고 있었고, 우리 엄마는 동네에 발붙이고 살 수 없을 정도로 그 패거리에게 나쁜 짓을 당했다. 일부러 막힌 변기 청소를 시키는가 하면 문 앞에 쓰레기를 쌓아 놓기도 하고, 슈퍼마켓 계산대 앞에 줄서 있을 때면 새치기를 하고.

그래서 엄마는 늘 울었다. 너무 집요한 악의다, 싸울 기력도 없다, 이제 지쳤다고 했다.

내가 아무리 돕겠다고 해도, 사가가 등을 쓰다듬어도, 울부짖으며 울음을 그치지 않는 밤도 있었다. 나는 너무 불안했다. 옆에 있는데 불안해서 견딜 수가 없었다.

엄마는 아이를 혼자 키워서는 안 된다면서 울었다.

그럴 때마다 나는 어른이 키워 줘야 하는 나이라는 게 서러웠다. 말해 주면 뭐든 할 텐데, 어른과 똑같이 뭐든 할 텐데, 하면서.

그러던 때, 경제적으로나 정신적으로나 엄마를 책임지겠다고 계속 주장했던 그 남자에게 엄마는 아주 조금이지만 마음을 열기 시작했다. 그런 길도 있을 수 있으려나, 하고 생각했는지도 모른다. 우리는 전혀 찬성할 수 없었지만, 여자 혼자 살아가는 데 국적과 양육비 문제가 싹 해결되는 데다 넓은 집에서 살 수 있다는 조건까지 갖추었으니, 그렇게 모든 걸 다 해 주겠다는 사람이 있으면, 심성이 착한 엄마로서는 상당히 혹할 일이었을 거라고 생

새들

각한다.

언제나 낮에 가게에서 만나곤 했는데, 어느 날 집요하게 청하는 바람에 밤에 딱 한 번 데이트를 했을 때, 엄마는 차 안에서 강간을 당한 듯했다. 거의 정신이 나간 상태로 돌아와 욕실에서 나오지 않는 엄마를, 당시의 나와 사가는 이해하지 못했다. 나중에야 무슨 일이 있었는지 알았다. 미국의 조그만 시골 동네에서, 데이트에 응했고, 밤에 차를 같이 탔고, 게다가 어쩌면 자포자기한 심정으로 조금은 그런 상황이 생겨도 좋다고 생각했을지도 모르니까 어쩔 수 없었는지도 모른다.

엄마에게는 그런 나약함이 있었다. 엄마의 좋은 점이 망가지지 않도록 지켜 주고 키워 준 사람이 다카마쓰 씨와 사가의 엄마였다고 생각한다.

그 후에도, 전처 친구들이 대부분인 그의 주변 사람들이 엄마를 줄기차게 괴롭혔다. 일본 여자가 그를 유혹해 잠자리를 같이했다고 떠벌리고 다녔고, 그 남자도 그 장단에 맞춰 엄마를 쫓아다녔다.

그때 일을 생각하면, 아직도 분노와 슬픔으로 가슴이 떨린다.

엄마는 남의 험담을 못 하는 소심한 사람이어서, 그 모든 걸 가슴에 묻어 두었다.

그러다 폭발하고 말았다. 말 그대로 폭발이었다.

"무심한 미국 사람은 진짜로 무심하니까. 왜 우리가 지켜 주지 못했을까."

사가가 말했다.

"우리, 정말 열심히 살았고, 지키려고 했어. 그런데 우리 엄마처럼 섬세한 사람은 도저히 버틸 수 없는 상황이었어."

내가 말했다.

"그래도, 죽는다는 건 도저히 납득이 안 돼. 나는 우리 엄마도 끝까지 살아 주기를 바랐어. 병에 걸렸든 어떻든 좋으니까."

사가가 말했다.

"그건 나도 정말 그랬어. 엄마가 보고 싶다. 왜 죽었을까. 막고 싶었는데. 몸싸움을 해서라도 뜯어말리고 싶었는데. 엄마를 병원에 데려가고 싶었어. 지금은 그럴 수 있지만, 그 나이에야 어떻게 그럴 수 있었겠어."

내가 말했다. 목소리가 어린아이로 돌아가 있었다.

"우리를 사랑하다 아무리 밝은 기분으로 떠나갔다 해도, 혹은 살아가는 게 아무리 힘들었다 해도, 우리는 역시 슬퍼. 최후의 한순간까지, 우리를 하루라도 더 많이 보려 하지 않았다는 게. 가령 사가가 죽으면, 나도 더는 살 수 없다고 생각할 거야. 하지만 몸은 살아 있잖아. 살아 있으면, 어떻게든, 엎드려 기는 한이 있어도 다음 날을 버텨 낼 거라고 생각해."

"그 반대일 수도 있잖아. 생각하고 싶지 않지만."

사가가 말했다.

"우리, 오래 살자. 그리고 일 년 정도 차이를 두고 죽으면 좋겠어."

내가 말했다.

"여자는 오래 사니까……"

사가가 말했다. 그 말을 할 때의 표정이 정말 슬퍼 보여 나는 가슴이 메는 동시에 지금의 하루하루에 감사하는 마음으로 뭉클해졌다. 이렇게 멋진 일이 아직도 계속될 수 있다니, 태어난 보람이 있다고 생각했다.

내일도 모레도 사가를 만날 수 있다.

이 얼마나 풍요로운 일인가.

그 행복을 보는 시점이 마치 하늘을 나는 새처럼 높아서, 나는 움찔 놀랐다. 나는 역시 행복한 장소에 와 있다. 나도 모르게.

왜 그렇게 마음을 졸였을까? 비로소 그렇게 생각할 수 있었다.

사가에게

너를 남겨 두고 가려니, 몸이 찢어질 듯 슬프구나.

하지만 너에게는 또 다른 엄마가 있고, 누나를 대신하는 마코도 있고, 마코와 일찍 결혼하면 셋이 가족이 될 수 있고, 그러니까 괜찮을 거라고 생각해. 마음 편히 여기련다.

얼마 전에 얘기할 때, 네가 어차피 곧 죽을 텐데 죽을 때까지 살라고 해서 엄마는 웃고 말았지.

병세가 어떻게 돌변할지, 그게 두렵기보다 한시라도 시로 씨를 혼자 두고 싶지 않은 마음이다만, 저세상에 가서 바로 그를 만날 수 있을지는 알 수 없지.

만약 천국에서 남녀가 따로 있거나, 나이별로 있어야

한다면 어쩌지?

가 보지 않고는 알 수 없으니, 가서 연락이 가능할 것 같으면 알려 줄게!

엄마는 새를 좋아하고, 새가 되고 싶으니까, 언제든 새에게 내 마음을 전할게.

새가 너에게 무언가를 전하러 왔다면, 그건 엄마가 보내는 영원한 메시지야.

사랑한다.

너를 남의 손에 맡기고 떠나자니 발걸음이 떨어지지 않지만, 슬픈 인생을 살아온 게 아니라서 지금은 후련하단다.

나는 병원이 싫고, 일본의 병원은 더 싫어. 숨이 막힐 것 같아. 그래도 엄마는 명랑한 사람이니까, 돈이 별로 없어 6인실에서 지내더라도 그곳을 즐거운 장소로 만들어 갈 수 있겠지.

호스피스 병동에 입원하게 되면, 의사와 간호사들과도 친구가 되어 사이좋게 지낼 수도 있을 거야.

하지만 이제 더는 애쓰고 싶지 않구나. 어차피 끝이 머지않았고, 아프고, 괴롭고, 배에도 물이 찼고. 이번만은 조용히 있고 싶다. 그게 평생 사람을 즐겁게 해 온 엄마가 누리고 싶은 최고의 호사야.

그리고 보험을 고려해도, 비자를 연장하지 않은 채 머문 탓에 지금은 불법 체류자가 되었으니 결국은 일본으로 돌아가 입원해야 할 것 같고.

그렇다고 다 같이 돌아가서 너희들의 간병을 받고, 또 약을 사 오게 하는 것도 더는 하고 싶지 않아.

이것저것 다 귀찮다고만 해서, 정말 미안하구나.

나는 너보다는 오히려 사가와 씨 모녀가 걱정되니, 잘 지켜 주거라.

엄마가 없어도 계절은 움직이고, 나무는 아름답고, 좋은 일이 많이 너를 기다리고 있을 거야! 기대해도 좋아.

그럼, 또.

유코

사가는 가끔 하늘을 우러르고 새를 찾는다.

새도 사가를 좋아한다. 모든 새가 사가를 좋아한다.

사가는 언젠가는 커다란 앵무새와 지내고 싶다고 한

새들

다. 우리에게 그건 아기를 기다리는 것만큼이나 간절한 꿈이었다. 앵무새가 소리를 질러도 괜찮은 곳에 사는 것.

타고 가던 전철이 역에 섰을 때, 열린 문으로 잉꼬가 날아 들어와 사가의 어깨에 앉은 적이 있다. 비둘기도 참새도 펠리컨도 공작도, 모두 사가를 잘 따른다. 사가가 새를 볼 때는, 새 소리에 귀를 기울일 때는, 엄마가 보낸 메시지를 듣는 거겠지 싶어 나도 귀를 기울인다.

내 귀에는 아무 소리도 들리지 않지만, 마음속에 사가 엄마의 웃는 얼굴이 번진다. 그 명랑하고 상큼한 사람의 아름다운 여운이.

"요즘 너에 관한 소문이 여러 가지로 나돌던데, 들었어? 그래서 얘기 좀 하려고."

학생 식당에 있는데, 소문을 좋아하는 미즈노 선배와 다나카 선배가 사뭇 걱정스럽다는 표정을 하고서 다가와 나를 에워싸듯이 앉았다. 내가 커피와 치즈케이크와 책에서 얼굴을 들자, 미즈노 선배가 그렇게 말했다. 그녀들은 나와 같은 강의를 듣는 학생 가운데 가장 화려한 축이고, 그 가운데에서도 미즈노 선배는 리더 격이면서 제일 예쁘다. 작년에는 같이 무대에도 섰다. 나는 남장한 그녀의 연인 역이었다.

알 수 없는 노릇이지만, 그래서 지금도 살짝 애틋하다. 늘씬하고 코가 높은 얼굴, 반듯하고 아름다운 선의 어깨 언저리를 보면서, 예전 연인이여, 하고 생각하고 만다.

"교수랑 특별한 관계라는 소문도 있어."

다나카 선배가 말했다.

"번갈아 애기하는 규칙이라도 있는 거예요?"

내가 말했다.

"그럼 이쪽이 머릿수가 모자라니까, 미사코를 불러올게요."

머릿속으로 나는 그만, 너희들 초등학생이냐, 아직도 그런 짓을 해……. 정 하고 싶으면 나 없는 데서 하든지, 하고 요즘 식의 천박한 말투로 중얼거렸다.

하기야 여대생은 큰 해는 없다. 돈이 얽혀 있지 않으니까. 그래서 조금도 거슬리지 않았다.

그런데도 등이 약간 서늘했다.

마지막에 몹쓸 짓을 당한 엄마처럼, 자칫하면 끝까지 가게 될 수도 있을 것 같아서였다.

엄마는 뭐가 그렇게 두려웠을까? 하고 간혹 생각한다. 그리고 어른이 된 덕분에 알게 된 것도 있다. 엄마는 같이 살던 어른 친구 둘을 갑자기 잃는 바람에 외톨이가 되었다. 그러나 일본으로 돌아가고 싶지는 않았다. 어떻게든 그 오두막집에 들러붙어 살면서 하던 일을 하고 싶었다. 한편 매달리는 남자에게도 그다지 익숙하지 않았다. 두려운 일과 잃고 싶지 않은 것이 너무 많았다.

나는 여차하면 학교를 그만둘 수 있다. 사가도 있다. 그러니 이렇게 강건할 수 있는 것이다. 내가 특별히 강한 인간인 건 아니다.

"번갈아 얘기하고 싶은 건 아니고, 다들 네 소문을 흥미진진해해서."

"난 네가 딱해서 얘기해 보자 싶었지……. 그래도 되겠니? 넌 부모님을 일찍 여의었잖아. 교수가 좋아하는 애리조나에 산 적도 있고."

슬슬 리더가 일인극을 시작할 시간인가 보네, 하고 나는 생각했다.

그녀들은 스에나가 교수의 강의를 같이 듣는 선배들이다. 4학년이라 어차피 연극에는 출연하지 않지만, 툭하면 나서려고 한다. 게다가 교수가 서브컬처로 유명한 사람이라 잡지와 텔레비전에도 등장하고, 공개 강의에서는 학생들과 함께 텔레비전에 출연한 적도 있다 보니 언제나 그에게 다가가고 싶어 어쩔 줄을 모르는 듯하다.

"미사코는 안 부르는 게 좋겠어. 걔가 그러던데 뭐. 스에나가 교수가 너를 특별히 여기기 때문에 주역이 된 거라고. 그리고 솔직히 샘난다고. 이거, 미사코에게 직접 들은 말이니까 틀림없어. 그런데 그 미사코가 너에게 약혼자가 있다던데, 정말이니?"

나는 잠자코 듣고만 있었다.

미사코는 질투를 할 사람이 아니다.

하지만 물으면 있는 대로 술술 대답하는 사람이니까 약혼자 운운은 사실일 테지만, 거기에다 미즈노 일당이 양념을 뿌려 이 얘기가 생겨났을 것이라는 짐작은 갔다. 미즈노 선배는 말과는 달리 눈을 반짝거리며 정말 즐거운 표정이었다. 이런 때 사람에게서 발산되는 열은 숨이 막힌다.

이런 부류의 일을 피하고 또 피하고, 마치 담배 연기를 피하듯 피하다 보니까, 아주 희미한 연기에도 반응할 만큼 민감해진 탓에 다카마쓰 씨는 세상을 버리고, 사가

새들

의 엄마는 병에 걸리고, 엄마는 죽은 게 아닐까.

바보스러울 정도로 착하게 살고 싶었던 사람들이니까.

텅 빈 동네 카페에서 화장실 옆에 앉아 있던 엄마를 떠올렸다. 동네 사람들은 매번 화장실 문을 활짝 열어 놓고 나갔다. 그럴 때마다 엄마는 그 문을 닫았다. 동네 사람들의 그런 괴롭힘에 엄마는 울지 않는다, 개의치 않는다 하며 얼굴을 바짝 쳐들고 있었다.

돈 많은 남자가 엄마에게 푹 빠진 바람에 동네 독신녀들의 시샘을 산 것이 탈이었다.

그곳에서 우리는 나쁜 의미에서 눈에 띄었다. 친구들의 죽음은 스캔들이 되었고, 아이는 둘이나 있는데 독신이고, 기댈 사람도 없고, 수수한 옷을 입고 있어도 가려지지 않을 만큼 미인이고 새침한 엄마에게 아무 일도 생기지 않을 리가 없었다.

밭일도 요령이 없어 약간 거드는 수준이었고, 그래 봐야 벌레를 젓가락으로 집어 비닐봉지에 넣는 게 그녀가 가장 잘하는 일이었다. 집안일도 전구나 겨우 바꿔 낄 수 있었던 엄마. 사다리에 올라가서는 넘어지고, 못을 박을라 치면 휘고, 무쇠 냄비도 매번 태워 먹었던 엄마. 엄마는 사가 엄마의 일을 거들면서 근근이 살아갈 수밖에 없는, 온실 속 아가씨였다.

그러니 그곳에서 부모를 잃은 것은 사가가 아니라 오히려 엄마 쪽이었다.

"그건 맞아요. 곧 결혼할 거라서 학교를 그만두든지, 졸업할 때까지 기다리든지, 아무튼 아기가 생기면 무대에 설 수 없기 때문에 교수님이 그 점을 배려해서 주역을 주셨을 거예요."

나는 담담하게 말했다.

"아니 이렇게 젊은데, 학생 결혼? 너희 집 부자니?"

그런 것 치고는 참 보잘것없는 차림이라는 말은 하지 않았지만, 눈은 똑똑히 그렇게 말하고 있었다. 내 낡은 트레이너의 해진 소매를 빤히 보고 있었으니까.

"아니요. 그냥 난 외동인데, 부모님이 일찍 돌아가신 탓에 하루빨리 가족이 생겼으면 해서요."

나는 말했다.

"흠, 안됐네."

예쁜 눈썹을 찡그리면서 미즈노 선배가 말했다.

그러니까 나는 너희들의 적이 아니라고 말하고 싶었지

　　　　　　　　　　　　　새들

만 스에나가 교수가 내 연기를 칭찬하고, 또 자신이 각본을 써 준 극단에 나를 추천하기도 했으니 탐탁지 않은 것은 당연한 일이다.

그런 먹이로 혼을 비천하게 키우면, 마모되고 마는데. 그걸 모르다니 불쌍하다. 혼은 더러운 먹이를 먹으면 아귀가 되어 더욱 쓰레기를 탐식하게 된다. 사소한 일 같지만, 그런 흐름이 생기고 만다. 사이좋게 지내다 졸업해서 흩어져도, 또다시 비슷한 사람들끼리 모여 유사한 짓을 한다. 그리고 시간이 멈춘다. 딱한 인생이지만, 언제든 기사회생할 기회도 있으니까 힘내 봐, 하고 나는 마음속으로만 생각했다. 그리고 말했다.

"나도 그렇게 세상 물정을 모르지는 않아요. 학교 축제 무대에서 주역을 맡고, 프로 극단도 아닌 극단에 객연으로 출연해 봐야, 그뿐이죠. 배우인 양 할 마음은 없어요. 질투할 가치도 없는 상황이란 거죠."

"어머나, 말이 심하네."

조연처럼 입 다물고 있던 다나카 선배가 놀란 눈빛을 하며 말했다.

연기하는 걸 좋아한다. 모든 걸 잊을 수 있다. 그러나 무대에서 한 걸음 내려오면 성가신 일이 이렇게 몇 배나 늘어나 있다. 연기 속에는 사람을 못 참게 하는 무언가가 숨어 있는 것이리라.

만약 내게 재능이 있다면 그 재능이 나를 이끌어 줄 테고, 없다면 이 세상에는 보탬이 안 될 테니 하늘이 알아서 그만두게 할 것이다.

이렇게 주목을 받을 만큼 내 안에 뭐가 있다면, 역시 부딪쳐 보자, 다만 그렇게 생각했다.

그리고 아름다운 생각을 하자. 그렇게 생각하고 작년에 이 예쁜 미즈노 선배와 연인으로 연기하며 읊었던 시를 몇 번이나 읊조렸다.

이제 와라치는 사라졌다
별들이 빛나고 있다
반짝이고 있다 반짝반짝

이미 사라져 간 태양의 와라치(세 별)*

---

* 오리온좌의 허리띠 세 별.

밤새 걸어서 밤새 걸어서 태양의 와라치여

이 세계에 살았던 태양의 와라치여

이 세계에 살았던 태양의 와라치여

그때 무대 위에서, 미즈노 선배는 나를 꼭 껴안았다.

여자 품에 안기기는 엄마 후로 처음이라서, 리허설을
할 때부터 본 공연 때까지 내 뜻과는 달리 번번이 울먹였
던 기억이 난다. 언젠가 미즈노 선배도 엄마가 되어 누군
가를 꼭 껴안고, 어쩌면 그 아이를 심술쟁이로 키울지도
모르지만, 그 백배는 애정을 쏟으리라.

심술쟁이로 자란 아이도, 엄마가 그 백배로 애정을 쏟
았다는 걸, 꼭 안아 주었다는 걸 이해하리라.

그렇게 생각하자 아무렇지 않아졌다.

그리고 시의 내용을 생각했다.

우리를 키운 세 사람의 혼이 우주에서 반짝반짝 빛나
는 광경을 상상했더니, 가슴속 답답함은 점차 멀리로 사
라져 갔다. 유성처럼, 아름다운 호를 남기고.

"하지만 나도 사실은 엄마가 돌아가셨어. 그래서 항상
여자끼리 어울려 다니는 거야. 외로우니까. 이 나이에 부

모가 없는 사람, 많지 않잖아. 다들 부모와 지내는 시간
을 어째야 좋을지 모르지."

불쑥 다나카 선배가 말했다.

"마코, 넌 정말 이상한 애지만, 그렇게 확실하게 약혼
자가 있으니까 우리에게 해는 없겠다. 정말이야. 그래도
교수가 예뻐하는 건 좀 부러워. 우리에게 없는 걸 갖고 있
다는 느낌."

"솔직하네요."

나는 눈을 동그랗게 뜨고 말했다.

"그거 하나가 장점이니까. 이제 이런 말투에 주의를 주
는 엄마도 없고 말이지."

다나카 선배가 자기 마음속 말을 해 준 것이 조금은
기뻤다. 미즈노 선배 눈치를 보지 않고 한 인간으로, 자기
만의 마음을. 고개를 끄덕이며 나는 말했다.

"난 엄마가 돌아가신 후에 일본으로 돌아왔는데, 전철
을 타기 전에 선로에 뛰어들 사람이 있는지 알 수 있게 되
었어요. 그런 때는 다음 전철을 타든지, 다른 노선을 사
용해요. 그리고 나서 보면, 역시 내가 타려고 했던 전철에
뛰어든 사람이 있었어요. 이런 능력이 있다면 막을 수도

있지 않을까, 하고 한때는 진지하게 생각했을 정도예요. 그렇다고 그 많은 플랫폼을 지켜볼 수도 없고, 누군가를 설득할 수 있을 만큼 기운차게 살고 있는 것도 아니니까, 그냥 아는 걸로 끝이지만요.

엄마가 죽기 전에 발신했던 전파 비슷한 것을 이해했던 게 원인이지 않을까 해요. 죽으려는 사람이 그 전에 발하는 걸 아는 거겠죠.

그래서 마음 아픈 뉴스를 보거나, 죽은 사람이 입고 있던 옷의 색깔 같은 게 인터넷에 올라와 있으면, 감정이 이입되는 게 아니라 늘 떠올라요. 살아 있는 엄마가 아침에 입었던 옷과 죽은 엄마가 입고 있던 옷이 똑같은데, 왜 그 속만 아침과 밤 사이에 완전히 달라지고 말았는지. 그 때문에 아마 그런 일에도 관심이 있는 걸 거예요."

"뭐니, 그 음산한 얘기는. 내가 한 말이랑 무슨 관계가 있다는 거야?"

다나카 선배가 당황한 표정으로 말했다.

미즈노 선배의 예쁜 얼굴도 흐려졌다.

"아아, 그러니까 미사코가 그렇게 되는 것도 싫고…… 되지 않겠지만. 그리고 나도 자살 같은 건 안 하지만, 음,

내가 무슨 말이 하고 싶은 거지. 일본에서는 거의 매일 누군가가 전철에 뛰어들잖아요. 그런 거 좀 이상해요."

나는 막무가내로 그 얘기를 계속했다.

"그건 알아. 나도 그렇게 생각하니까. 우리도 그런 건 바라지 않고."

미즈노 선배가 말했다. 그리고 이렇게 이어 갔다.

"그런 일을 조금이라도 줄이기 위해서 이러는 거잖아. 대화로 오해를 풀려고. 답답한 걸 풀려고."

"그래, 세상이 참 이상하지. 자꾸 말해서 미안한데, 나는 엄마가 돌아가신 후로, 우리 엄마는 뭐 자살이 아니라 병이었지만, 자살하는 사람에게, 그 목숨 우리 엄마에게 달라고 생각하게 되었는걸."

다나카 선배가 말했다. 다나카 선배는 조금 전보다 한결 좋은 얼굴이었다. 다나카 선배 얼굴이 엄마와 닮았었나 보네, 하고 생각했다. 시가 선사해 준 공기가 나와 다나카 선배를 같은 장소로 휙 데리고 갔다. 그런 기분이 들었다.

엄마 없는 아이들의 고원 같은 곳.

그런 아이들끼리 손을 잡고, 하늘을 올려다보는 느낌.

우리가 인류인 한, 너와 내가 같아질 수 있는 장소는 반드시 있다.

"우리야 4학년이라서 시간은 많은데 취업 스트레스는 심하니까, 간단히 말해서 앞날이 평안하고 홀가분해 보이는 너를 시샘하는 거지만, 죽이고 싶을 정도로 심한 건 아니야. 다나카와 너의 공통점도 알아서, 이제 가슴이 좀 뚫린 것 같다."

미즈노 선배가 이 대화를 마무리 짓듯이 말했다.

"만약 내가 선배들에게 없는 걸 갖고 있다 쳐도, 그게 어떤 과정을 거쳐 생겨났는지 조금은 상상해 줬으면 좋겠어요."

내가 말했다.

"그런 건 관심 없어. 나, 내 일만으로도 머리가 빡빡하고, 그리고 인생은 역시 즐겁잖아."

미즈노 선배가 말했다. 조금도 가시가 없는 평소 말투여서 나는 그 쿨함에 호감마저 느꼈다.

"너의 소문에 대해서도, 말이 그렇다는 거지 그냥 껌 같은 거야. 미사코가 괜히 떠벌리고 다녀서 그래. 안심해. 귀찮겠다 싶어서 직접 얘기해 보려고 했을 뿐이야. 그래도 말하기를 잘한 것 같다."

"어떻게 안심해요. 인간이 무서운데."

나는 웃었다. 둘도 웃었다.

의외로 껄끄러움은 남지 않았다.

"그래도 솔직한 대화에는 배울 게 있죠."

내가 말했다.

"나도 의외로 즐겁게 얘기할 수 있다는 걸 알았어. 이해가 안 되는 상대라도. 너랑 얘기하면 사는 세계가 너무 달라서 속도가 어긋나. 아, 내가 좀 이상하네. 혹시 내가 미사코에게 화가 났었나 싶기까지 하네, 지금은. 하는 말이 상대에 따라서 이리저리 뒤바뀐다니까. 미안해, 혼자 있는 좋은 시간을 방해해서. 또 보자."

미즈노 선배는 여전히 심술이 콕콕 박힌 투로 그렇게 말하고는 다나카 선배를 데리고 사라졌다.

그녀들이 사는 심술 놀이밭의 채소가 되기 위해.

간혹 그 놀이가 약한 사람을 죽이기도 하지, 하고 나는 생각한다. 약한 사람은 타인을 죽이는 대신 자기를 죽인다. 그리고 가령 본인은 누군가를 간접적으로 죽였다는 사실을 깨닫지 못한다 해도, 살아 있는 한 무의식의 세계에서 평생 그 짐을 지게 된다.

나는 지금에야, 엄마를 과하게 좋아했던 그 남자는 둘째 치고, 엄마에게 시비를 걸고 괴롭혔던 그 사람들이 어떤 인생을 보내고 있을지를 생각하면 암담해진다. 얼마나 무거운 짐을 지고 있을까 싶어서. 까맣게 잊고 있어도, 즐겁게 지내고 있어도, 안개처럼 그 사람들을 뒤덮고 있을 것을 생각하면 소름이 끼친다.

그럼에도 하늘과 별과 태양은 그런 우리 모두에게 고루 빛을 비추고 있다, 그렇게 생각되었다. 내가 용서하지 않아도 세계는 그녀들을 용서한다.

시의 온기가 아직도 나를 감싸고 있었다.

둘은 내가 시의 힘을 사용했다는 걸 모를 것이다.

그렇게 생각하면서 자기만족에 젖는다.

나는 살아 있는 한, 사가와 마찬가지로 사람 눈에 띄고 만다.

내가 발하는 이상한 이력의 빛은 민달팽이처럼 흔적을 남긴다. 처음에는 자의식이 지나친 건가 여겼는데, 해를 거듭하면서 그렇지 않다는 것을 깨닫게 된다. 개성적이라느니 남들과 다르다느니, 하고 좋게 말하면서도 사람

들은 나와 사가를 슬며시 걸고넘어진다. 그런 때 사가의
경우, 시설에서 산다고 하면 상대가 꼬리를 내린다고 한
다. 납득하고서 조용해진다고. 내 경우는, 다소 튀는 외모
와 허름한 옷차림과 기묘하게 깊이 있는 분위기를 발산하
는 가장 안 좋은 조합으로 여대생들 사이에 섞여 있는 탓
에 한층 버텨 내기가 힘든 것이리라.

배가 무지근했다. 보나 마나 곧 생리가 터지겠지…….
이번에도 아기는 생기지 않았다. 공연을 잘해야겠다고 결
심한 만큼 조금은 안심이 되고, 또 조금은 슬퍼진다. 큰
변화가 오려면 아직 먼 것인가.

나는 이번 달에도 협곡을 내려다보면서, 늘 보던 풍경
을 계속 보게 된다.

"가끔 '엘로테 카페'가 생각나. 나, 그 카페에 가고 싶
어. 거기에 가기 위해서라면, 힘내서 세도나에도 갈 수 있
을 것 같아."

내가 말했다.

사가는 눈을 동그랗게 떴다.

"웬일이야, 갑자기? 게다가 먹는 얘기? 마코 너답지 않

다. 뭐에 홀리기라도 한 거야?"

"'엘로테 카페'의 엘로테 맛에 홀렸겠지. 그 상큼한 맛을 떠올리면, 언제나 가슴이 아파."

내가 말했다.

그곳은 이름은 카페지만 호텔 안에 있는 멋진 레스토랑이었다. 세도나 같은 시골에서 유일하게 손님들이 줄을 서는 가게라서, 문을 여는 오후 5시에 들어가려면 4시쯤에 가서 줄을 서야 했다.

저녁 해가 비스듬히 비치고, 그렇게 손님들이 줄 서 있는데도 테이블 사이가 널찍한 홀은 멕시코풍의 중후한 인테리어로 청결감이 넘친다.

종업원들은 분주하게 일하지만 조급히 굴지 않는다. 웃는 얼굴로 손님을 맞고 성실하게 일하고, 무엇보다 그 가게를 자랑스러워한다.

그리고 아무리 많은 사람들이 줄 서 있어도, 식사를 빨리 끝내라고 재촉하지 않는다.

오늘이 누군가에게는 하루밖에 없는 축제의 날이라는 걸 잘 안다는 듯이 여유롭게 행동한다.

우리는 돈이 없어서 자주 갈 수 없었지만, 생일이나

무슨 기념일에는 아침 일찍부터 줄을 서겠다는 신나는 각오로 지냈던 걸 기억하고 있다. 특별한 날에 가는 절대 실망하지 않는 레스토랑이었다.

짜증 내지 않고 설렌 표정으로 줄 서 있는 사람들의 모습도 좋았다. 이제 곧 커다란 창문이 있고 아름다운 홀에 들어가, 딱딱하고 거대한 나무 테이블에 앉아 정중한 서비스를 받고, 정성스럽게 만든 맛있는 음식을 먹고, 기울어 가는 세계의 빛에 에워싸인 산과 하늘을 본다, 늘 그런 두근거리는 분위기가 마법처럼 충만했다.

셰프는 키도 크고 손도 큰 멋진 사람으로, 갈 때마다 우리 자리를 찾아와 주었다. 그리고 인상이 다른 동양인 가족을 무척 친절하게 대해 주었다.

그곳의 유명한 메뉴는 옥수수를 사용한 엘로테라는 애피타이저로, 마요네즈와 라임, 칠리, 치킨수프 등이 복잡하게 얽힌 맛이 나고, 약간 따끈했다.

모든 맛이 관능적이고, 서로가 서로의 맛을 살려 정신이 아득해질 정도로 맛있었다. 먹을수록 맛이 깊어지는 신비로운 매력으로 가득했다. 장소와 서비스가 어우러져, 마법이 생겨나는 곳이었다.

새들

'엘로테 카페'는 우리의 기억 중에서도 가장 행복하고 따뜻한 밤을 선물해 주었다고 생각한다.

"나는 '엘로테 카페'도 좋지만, 아침을 먹으러 자주 갔던 '오크크리크 인디언 카페'에 가고 싶어. 거기 정말 편했잖아. 불행하다는 기분이 들 때면 난 거기를 떠올려. 그곳의 좋은 공기 속에서 뭘 마시고 싶다고 말이야. 그런 느낌인 거야?"

"응, 응. 물론 나도 그 가게 엄청 좋아해. 내가 아는 이 세상 카페 중에서 가장 좋아. 그 황홀한 커피 향과, 맛있는 스무디와 심플한 아침 식사와, 매점에서 파는 채소와 신선한 식자재."

그곳 선반에는 우리가 무척 좋아했던 소나무 열매 크림도 판매용으로 진열되어 있었다.

언젠가, 사가의 엄마가 그 크림을 손에 넉넉히 발랐더니 옆자리 사람이, "와, 좋은 냄새가 나는데요. 소나무 열매 크림이죠? 이 냄새를 맡으면 행복해진다니까…… 고맙습니다." 하고 말한 적도 있었다.

그 사람은 상큼한 차림이었고, 눈은 반짝반짝 빛났다. 낯선 외국 사람인 우리들에게, 평생 남을 작은 행복의 추억을 선사해 준 청년이었다. 그 가게에도 그런 기적의 작은 조각들이 여기저기 날아다녔다.

언제 가도 카페 안에는 음식이 맛있게 구워지는 좋은 냄새가 났고, 일하는 사람들은 행복해 보였고, 신선한 식자재를 팔고 있었고…… '엘로테 카페'의 요리책도 팔고 있어서, 어른들은 맛있는 가게끼리 연대가 있는 모양이라고 말했다. 너무 자주 가서 의식하지 못했는데, 엄마도 사가의 엄마도 다카마쓰 씨도, 그 카페에 갈 때면 조금 들떴던 것 같다. 어른들이 가장 좋아했던 곳. 우리는 어려서 커피를 마시지 않았지만, 지금 가면 틀림없이 더 깊은 행복을 느끼리라.

"그 생활에는 정말이지 좋은 일도 아주 많았어."

사가가 그렇게 말했다.

사가가 순순히 미소 지으며 그렇게 말하기는 처음이라, 나는 속으로 깜짝 놀랐다.

하지만 가만히 놔두고 싶어서, 그 웃는 얼굴을 있는 그대로 음미하고 싶어서, 모르는 척하고서 고개만 끄덕였다. 그리고 말했다.

"맞아. 혹독한 일 뒤에 숨겨져 있던 게 하나하나, 상처

새들

가 아물어 갈수록 떠올라 알게 되었어. 어른이 되니까. 이 두 눈에 모두 기록해 두기를 잘한 거지. 나는 태어나서 다행이야. 다카마쓰 씨와 엄마들을 기억할 수 있어서 다행이야."

사가도 살며시 고개를 끄덕였다.

"지금 그 말도 훌륭한 기도야. 추억도 기도의 일부이고. 기억하는 사람이 다 사라져도, 우주에 동그마니 떠서 남아 있을 거야."

이렇게 머리만 크고, 모나고, 사는 데 서툴고, 아무리 애써도 빗나가는 우리의 삶이 공간에 새겨진다. 부끄럽기도 하고 자랑스럽기도 한 마음을 품고, 가끔은 그렇게 생각해 본다. 전부가 별거 아니라고, 흔히 있는 일이라고. 시간이 그렇게 흘렀는데도 그 흔적 속에 있으니 부끄러울 정도라고.

"교수님, 이번 달에도 임신이 안 되었어요."

나는 연구실 문을 노크하고 여는 동시에 말했다.

"뭐야. 내가 임신시키려는 것처럼 들리잖아. 놀라게 하지 말라고."

스에나가 교수가 웃음을 터뜨리며 말했다. 손에는 역시 책. 오늘은 프랑스에 사는 러시아 피아니스트 아파나셰프의 독특한 시집이었다. 얼마 전에 빌려 봤기 때문에 내용을 알고 있었다. 그는 좋아하는 시집은 몇 번이나, 달달 외울 정도로 읽는다. 그리고 강의 중에 술술 읊는다.

"다른 얘기를 하다가 말을 꺼내려면 부끄러우니까, 바로 말한 거예요."

내가 말했다. 너무 슬퍼서, 마치 장례식에 다녀온 기분이었다. 어제까지 배 속에 있다 여기며 지냈던 아기를 이번 달에도 만날 수 없으니까. 눈물이 쏟아지고 목소리까지 떨렸다.

"너무 아쉬워요."

"아무튼 거기 앉아."

스에나가 교수가 포트를 들어 홍차를 따르고 컵을 내 앞에 놓았다.

컵에는 귀여운 코요테 그림. 정말 평화롭네, 하고 나는 생각했다. 책에 관여하는 사람 특유의 평화로움은 언제나, 나는 본 적 없는 아빠를 상상하게 한다. 얌전한 엄마와 얌전하게 연애하다 바로 결혼해서 나를 얻었다. 아기

새들

인 내 볼에 볼을 맞대는 아빠 사진을 보면, 언제나 눈물이 흐른다.

"전에 제 연기 보고, 봄에 올릴 무대에 서 보지 않겠느냐고 제안했던 교수님 대학 시절 친구분 있잖아요. 제가 한번 해 보려 한다고 전해 주시겠어요?"

"오호, 할 마음이 생긴 거야? 그쪽에서 좋아하겠는데."

스에나가 교수가 말했다.

"그래도 일단은 시를 좋아하는 어른들이 본격적으로 하는 극단이고, 고정 팬도 있을 정도니까 만만치 않은 부분은 있어. 그리고 외부에서 불쑥 나타나 준주역을 맡으면, 지금 미즈노를 비롯한 학생들이 이러쿵저러쿵 떠벌리고 다니는 것처럼 다소는 시샘을 사겠지만, 그래도 상관없지 뭐. 다들 나이를 먹어서 젊은 사람이 필요해. 실제로 주역이 내 동창생인데, 준주역을 맡게 될 너 외에도 친구들의 아들에 손자까지 등장해. 외부 사람들의 객원 출연에 아주 열려 있는 극단이거든. 비용은 거의 자기 부담이지만 개런티도 조금은 지급돼. 다들 시를 좋아하고, 아메리카 원주민의 세계관에 매력을 느끼지만 절대 광신적인 분위기는 아니야. 그러니 해 보면 좋을 거야. 너 자신이 그런 요소를 갖고 있기도 하고 말이야. 그리고 무엇보다 무대에 있을 때면 평소의 네가 아니야. 아주 당당하고 커 보여."

스에나가 교수는 반색하는 표정으로 그렇게 말했다.

"저도 그게 싫었어요, 튀는 게. 인간이 얼마나 무서운지를 뼈에 사무치도록 알고 있으니까. 하지만 해 보려고 해요. 제가 그렇게 예쁜 건 아니잖아요. 저 정도 외모를 가진 사람은 얼마든지 있어요. 물론 제 분위기가 좀 남다르기는 해요. 그걸 살릴 수 있다면. 사람에게 도움이 될 수 있다면.

나는 말했다.

저는 뭘 해도 어중간하고, 늘 생각만 많았지 조금도 이상에 다가가지 못하니까, 연인에게 좋은 부인이나 아이에게 좋은 엄마가 되는 정도밖에 할 수 없어요. 그런 적성밖에 없어요.

그는 정말 빵 전문가가 될 수 있는 사람이에요. 타협 않고 밭을 일굴 수도 있지만, 저는 엄마를 닮아서 아무 것도 할 줄 몰라요. 미련스럽게 고민만 할 뿐이지. 하지만 그렇다고 아무것도 하지 않으면, 언젠가는 반드시 사가의

새들

발목을 잡게 될 테니까. 제가 이렇게라도 다른 일을 하지 않으면, 그에게 제가 너무 무거울 거예요."

"같이 있는 걸 자주 보는데, 그 사람 이름이 사가야?"

교수는 아빠처럼 인자한 눈빛을 하고 그렇게 물었다.

다른 사람 입에서 그의 이름이 나오면, 늘 달콤하고 자랑스러운 기분이 든다.

"네."

나는 대답했다.

"내가 보기에는 잘 어울리는 커플이던데. 요즘 세상에 이런 식의 얘기는 들을 수 없잖아. 난 너희들을 응원할 거야. 특정한 시대의 영향을 너무 많이 받았다, 현대를 살아라, 나도 그런 말을 자주 들어. 하지만 너희들의 배경은 자랑스러워해야 할 것이고, 영향을 받아 마땅한 것이라고 생각해. 지금 이대로 올곧게 살아 줬으면 좋겠어. 그래야 내게도 힘이 될 테니까."

교수가 말했다. 수많은 책에 둘러싸여서.

"네."

나는 미소로 답했다.

취향이 같아서만은 아니라 삶의 방식 같은 것을 공유

한 동지라면, 그것을 이해하지 못하는 사람들이 어떻게 여기든 어쩔 수 없다. 중요한 것은 분명히 해 두는 것이다. 나는 누가 남자를 소개해 주겠다고 하면, 애매하게 대답하지 않는다. 가령 사가가 빵 만드는 수련을 위해 몇 년 동안 해외 유학을 떠나, 미쳐 버릴 만큼 외로운 때라도.

사가가 아닌 누군가와 지내고 싶은 생각은 없다. 가령 일요일 오후, 창가에서 종일 우는 그런 상태에서도.

나는 분명하게 말할 것이다. 관심 없어요, 시간이 아까워요, 그렇게. 그 대답이 현대의 방황하는 사람들에게 다소 상처를 준다 해도, 지금까지 몇 번이나 그랬던 것처럼. 그 사람들에게 못난이라느니 가난뱅이라는 욕설을 듣게 되더라도.

"왜 그렇게 아이를 서두르는 거지?"

스에나가 교수가 물었다.

"어쩌면, 돌아가신 엄마나, 나를 키워 준 부모들이 환생해 주기를 바라는 마음이 있는지도 모르겠어요."

"네가 어떻게 태어나고 자랐는지는, 예전에 조금 들었지만…… 나는 굳이 부모들의 환생을 낳지 않아도 된다고 생각하는데."

새들

스에나가 교수가 말했다.

"그렇게 해서 추모하는 마음이 완성될 것처럼 여기는 심정은 이해해. 또 그걸 인생의 중심에 놓고 지금껏 살아왔으니까, 이제 과거는 잊고 자신의 길을 걸으라는 무모한 말은 하지 않겠어. 차분하게 가족을 추모하는 인생이 있는 것도 좋지.

하지만 살아 있는 한, 역시 뭔가 새로운 것을 보는 편이 재미있지 않을까. 아기는, 새로움 자체야. 가령 부모들의 환생일지라도. 같은 곳에 점이 있고, 상처가 있더라도, 역시 처음부터 새롭게 시작하는 게 막 태어난 아기야.

내 아내는 두 번 유산했어. 한 번은 산달까지 버텼는데, 사산이었고. 지금 아기에게 그때 죽은 아기와 똑같은 곳에 반점이 있어. 그렇다고 우리가 그때의 눈물을, 지금 육아를 하면서 흘리는 건 아니야. 사실, 눈물을 흘릴 틈조차 없어.

그리고 아이가 생기면, 과거를 보다 큰 의미로 되살릴 수 있지. 우리가 아기였을 때, 어른들이 우리를 보며 웃었던 때의 일이 아주 똑같이, 그러나 새로운 형태로 재현되는 거야.

네 인생에 생긴 일은 물론 비참했을 수도 있어. 그러나 너는 큰 사랑을 받고 자랐어. 부모들에게 남보다 훨씬 깊은 사랑을 받았어. 그래서 제대로 생각하고 괴로워하는 것도 가능한 게 아닐까?

그리고 너는 너의 연인을 운명적으로 떼어 낼 수 없는, 예를 들어서 한 껍질 속에 든 땅콩처럼 도저히 어떻게 할 수 없는 것이라 여길지 모르지만, 만약 그 사람과 정말 맞지 않았다면 벌써 오래전에 헤어졌을 거라고 생각해.

정말 마음이 맞는 사람과 아주 어렸을 때 만나서, 어쩌다 큰 일을…… 좋은 것도 나쁜 것도 공유하고 말았지. 그러나 그건 절대 나쁜 일이 아니야. 오히려 귀하디귀한 보물이지.

이제는 지금까지의 이야기는 잊고, 지금의 너희들 이야기를 평범하게 엮어 나가도 좋지 않을까. 물론 묘지기로 사랑하는 사람들을 추모하면서.

아마 너희들은 지금의 삶에 비해 엄청나게 강렬하고, 어디에 내놔도, 누구에게 들려주어도 크게 마음이 동요될 과거의 이야기를 짊어지고 있을 테니까, 젊은 자신들의 조촐한 이야기에 자신감을 갖기가 어렵겠지. 하지만 작은 목소리로 하는 이야기도 좋잖아. 그게 너희들이 갖고 있는 것이라면. 언젠가는 과거의 이야기와 지금의 이야기가 하나가 될 수도 있고. 그게 인생이고, 그렇게 만들어 가는 것이고, 예측은 할 수 없지만 최선은 다할 수 있어."

그의 말을 듣는 도중에 눈물이 넘쳐흘렀다.

그리고 내 발은 바닥을 꾹 밟고 있었다.

"사가도 비슷한 말을 자주 해요. 그런데 지금까지는 무슨 말이 하고 싶은 건지 잘 와닿지 않았어요. 지금, 비로소 이해했습니다. 과거는 과거라는 것을. 그리고 단순히 과거 위에 지금이 있는 게 아니라는 것도요. 보다 입체적인…… 새가 높은 곳에서 멀리까지 바라보는, 그런 기분이었어요."

내가 말했다.

그 말을 들었을 때, 어렸을 때부터 나와 사가가 함께였던 여러 장면이, 아름다운 지도를 위에서 바라보는 것처럼 정말 드넓게 들여다보였다. 처음부터 둘밖에 없었으니까, 그건 조그맣고 별 흥도 나지 않는 담담한 이야기였지만, 우리만의 이야기다.

부모들을 포함해서, 타인과 비교하지 않아도 된다.

마치 솔개가 가까이로 쓱 내려왔다가 다시 하늘 높이 올라가면서 지상의 광경을 내려다보듯이, 나는 우리를 보고, 그리고 또다시 높은 곳으로 기분을 끌어올렸다.

"교수님, 감사합니다."

"학교 선생을, 바보로 알면 안 되지."

스에나가 교수가 웃었다.

"늘 생각하고 있으니까. 생각하는 게 일이니까. 그걸 젊은 사람들에게 전하는 것이, 내 생각을 도움 되게 하는 방법이니까."

말뿐이 아니었다.

그 모습 전체가, 목소리의 톤이, 오후의 연구실에 넘치는 빛이, 전부 얘기하고 있는 듯했다. 나는 틀리지 않았다, 하지만 조금은 시각을 달리해 봐도, 느슨하게 풀어놓아도 괜찮다고.

내가 아직은 고향이라고 느끼지 못하는 일본이 나를 받아들여 준 듯하다는 생각마저 들었다.

그리고 오랜만에 나는 실감으로 인식했다.

나는 사실 아직 젊다고.

부모들이 죽은 나이 때 기분을 줄곧 짊어지고 있었는

새들

데, 그렇지 않다.

그 태도가 나의 삶에 기묘한 깊이와 분위기를 주었다는 것은 부정할 수 없다.

그러나 내 몸은 아직 젊다. 부모들 나이를 살 필요는 없다.

"저 말이지, 마코 너는 외로운 거야. 너무 외로워서, 사가 하나로는 부족한 거야. 외롭고 외로워서 어쩔 줄을 모르는 거야. 그 돌파구 없는 기분이 아기를 갈망하게 만드는 거지."

스에나가 교수가 내 눈을 똑바로 보면서 말했다.

"그걸 알아야 되는데, 모르고 있어. 만나고 싶은 사람들을 잃어서 얼마나 외로워하고 있는지. 아마 정말 훌륭한 사람들이었겠지. 같이 있으면 심심할 새가 없는 사람들이었겠지. 그래서 네가 그렇게 외로운 거야.

그런데 사가 군은, 그 역시 외롭지만 남자라서 다른 형태로 외로움을 껴안고 있겠지. 그래서 같이 있어도 외톨이만 같은 기분이 드는 거라고 생각해. 외로운 건 나쁜 게 아니야. 전혀 나쁘지 않아. 조금 더 지나서, 나나 나보다 더 나이가 많아지면, 모두가 누군가를 잃어서 네 기분

을 이해할 수 있게 되겠지. 그때까지 외로운 채로 있으면
어때. 그 외로움이 너의 연기와 삶에 멋진 영향을 미치고
있는데. 살아 있기만 하면, 그렇게 훌륭한 사람들과 함께
했던 즐거웠고 흔치 않은 경험을, 언젠가는 그저 감사하
는 날이 올 거야."

그렇구나, 그런 거였구나, 하고 나는 생각했다. 뒤통수
를 얻어맞은 것처럼, 이해가 되었다.

그렇다, 나는 사가와 함께 있어도 미칠 정도로 불안하
고 외로웠던 것이다. 줄곧.

그 밤에 늘 꾸던 꿈을 또 꾸었다.

지금까지도 그랬던 것처럼 끔찍하게 시작되었고, 나는
카치나록에서 앞으로 나아가는 일행을 도저히 막을 수
없었다.

아, 또 똑같이 되겠네, 하고 나는 절망한다.

나는 초조해서, 외치고, 눈앞이 캄캄해지고, 예전과
똑같이 당황해서 어쩔 줄 모르고, 그들을 쫓아간다.

고통 속에서는 항상, 그 예쁜 하얀 꽃도, 날갯짓 소리
가 아름다운 무수한 별들도 눈에 좋게 들어오지 않는다.

새들

그리고 사실은 알고 있다. 모두가 벌써 오래전에 죽었고, 아무리 울고 발을 동동 굴러도 되찾을 수 없다.

말라 버린 강에도, 겹겹이 재색 구름이 낀 하늘에도, 그저 절망이 비칠 뿐이다.

나는 어느 틈엔가 인간의 모습으로 변해 지상으로 내려와 있었다.

손을 보았지만, 투명했다.

나는 유령처럼 투명했다. 그런데 대지의 감촉을 확실하게 느끼고 있었다. 발도 보이지 않고, 어떤 옷을 입고 있는지도 모른다.

하지만 나는 내가 표현하고 싶은 걸 했다. 두 손바닥으로 얼굴을 감싸고 울면서 웅크렸던 것이다. 눈물은 진짜였고, 후득후득 내리는 비처럼 메마른 갈색 대지를 적셨다. 그것은 피가 아니라 맑은 눈물이었다. 눈물에 젖은 곳만 흙이 붉게 변해, 내가 여기 있다는, 확실하게 여기 있다는 기분이 들었다.

울음을 그쳤을 때, 세계는 고요했다.

파란 하늘에 하얀 구름이 지나가고 있었다.

그리고 바짝 말라 있던 강에 물이 철렁거렸다. 물은

콸콸 흘러, 마른 풀과 흙을 마법처럼 적셔 갔다.

놀라 입을 쩍 벌린 채, 나는 강가를 따라 걸어갔다.

막 꿈에서 깨어난 사람처럼, 몽롱한 채로.

물소리가 공간에 부드럽게 울리고, 물이 흘러서인지 험준한 협곡도 좀 더 많은 빛을 두르고 있는 듯이 느껴졌다.

나는 걸어가면서, 도착하고 싶지 않다고 생각했다. 시신이 있는 곳, 이미 때늦은 그 장소에 도착하고 싶지 않다고.

마침내 절벽이 한층 가까워지면서 자신이 더욱 작게 여겨졌다.

나는 조심조심, 마지막 벼랑을 올랐다.

그러고는 아연해지고 말았다.

거기에는 다카마쓰 씨와 사가의 엄마와 우리 엄마밖에 없었다. 다른 사람은 보이지 않았다.

엄마는 맨발로 춤추고 있었다. 음악이 울려 나오는 장치는 아무것도 없는데, 내 귀에는 엄마가 그 소리에 맞춰 춤추는 음악이 들렸다. 이름 모를 현악기의 신비롭고 아름다운 음색.

다카마쓰 씨와 사가의 엄마는 옛날 모습 그대로 예쁜 돗자리를 간 곳에 누워, 와인을 마시고 치즈를 먹으면서 담소하고 있었다.

나는 놀라 말을 잃은 채, 세 사람에게 다가갔다.

세 사람이 투명한 나를 알아보고는 얼굴을 들었다.

"어머나, 마코."

"왜 그런 표정이야, 마코?"

다카마쓰 씨와 사가의 엄마가 말했다.

엄마는 춤을 추다 말고 나를 보았다.

엄마는 아름다웠던 젊은 시절의 모습 그대로였다. 그리고 그 맨발도 죽은 사람의 발이 아니었다. 긴 치맛자락 아래로 보이는 발톱은 분홍색이고, 핏줄은 예쁜 파랑. 대지를 밟고 반듯하게 서 있었다.

"사가는?"

엄마는 나를 보자 그렇게 묻고서, 천천히 미소 지었다.

나는 달려가, 세 사람에게 내가 보이느냐고 물었다.

세 사람은 저마다, 무슨 소리야? 하고 말했다. 그럼 보이지, 보인다니까.

그리고 내 머리와 어깨를 어린아이를 만지듯 어루만졌다.

나는 엄마의 목을 끌어안았다. 엄마 목에서 달콤한 냄

새가 났다.

나는 엉엉 울고, 엄마는 나를 꼭 껴안았다.

나머지 두 사람은 내 등과 머리를, 마치 악령이라도 떨어내려는 것처럼 한없이 쓰다듬으면서 몇 번이나 말했다.

"악몽이었어, 모든 게 다. 악몽이었어. 이제 괜찮아, 안심해."

"보고 싶었어, 만나고 싶었어."

그쪽에서 하는 말에 맞는 대답이 아니라는 걸 알았지만, 내 입에서는 그 말밖에 나오지 않았다. 고맙다거나 원망스러웠다거나 괴로웠다가 아닌, 오직 그 말만 하면서 나는 울었다.

눈을 떠 보니, 어둠 속에서 다이아몬드 두 개가 빛나고 있었다. 사가의 눈이었다.

"지금, 다른 꿈 꿨지?"

사가가 물었다.

"꿈을 바꾼 거지?"

"어떻게 알았어?"

내가 물었다. 눈물을 줄줄 흘리면서.

"그야 알지. 느낌으로 알았어."

꿈이 바뀐 거지? 그렇게 묻지 않았다. 사가의 굉장한 점이다. 나는 황홀감에 젖어 사가를 쳐다보았다. 심장이 터져 나갈 것처럼 쿵쿵 뛰었다.

사가는 나를 꼭 껴안고, 천천히 흔들었다. 꿈에 나왔던 사람들이 내게 그랬던 것처럼.

"엄마가 죽은 그 집, 사가 엄마와 다카마쓰 씨가 죽은 그 병실에도 인사하러 가자. 그런 일을 받아들여 줘서 고맙다고 말하러."

나는 눈을 반짝 뜬 채로 말했다. 꿈의 꼬리를 놓치지 않게, 모두의 온기와 냄새를 잊지 않게.

"그래, 그러자. 나, 돈 더 많이 모을게."

"안 그래도 돼. 돈은 내가 모으고 있으니까."

사가가 말했다.

"우리, 이제 보인턴 캐넌에도 갈 수 있을까?"

내가 물었다.

"그럴 필요는 없을지도 몰라. 그건 가서 생각하자. 우리는 자유롭고, 그리고…… 아직 젊잖아."

"허니문 베이비가 생기려나?"

사가가 웃었다.

"우리가 태어나서 처음으로, 우리만의 즐거움을 위해 여행하는 거니까. 그런 게 허니문이잖아."

내가 말했다.

말하는 도중에도, 놀라 소스라칠 만큼 눈물이 쏟아졌다.

"우리, 우리만의 즐거움을 위해 하는 일이라고는, 얼마 전에도 말했지만 홍차를 마시는 정도잖아? 그런 건 이상한 거잖아."

그리고 깨달았다. 나를 붙잡고 놓아주지 않은 것은 보인턴 캐년의 악령도 아니고, 부모들의 혼도 아니었다.

그날 봤던, 죽은 엄마의 발이었다.

발밖에 보지 못해서, 무력감이 한층 더했다.

그때, 방에 들어가서도 엄마의 얼굴을 보지 못한 나는 줄곧 어린 시절에 얽매여 있었던 것이다.

살아 있는 엄마와 죽은 엄마를 잇는 것이 발밖에 없어서, 경계가 모호했던 것이다.

그 말을 하면, 사가는 보나 마나 자신이 봤던, 자기 엄마의 목매단 모습을 자세하게 얘기하고 말 테니까 나는 잠자코 있었다.

사가에게 말하지 않는 것이 늘어나는 만큼, 사가에 대한 사랑도 점점 쌓이는 기분이 들었다. 똑 똑 떨어지는 깨끗한 물이 병 속에 찰랑찰랑 고이는 것처럼.

이런 사랑도 있으리라, 살아갈 길이 그것밖에 없으니, 받아들이고 싶다.

언젠가는 그렇게 방바닥이나 대지에 눕게 될 사가의 유난히 하얀 두 다리와 정강이 털을 물끄러미 바라보면서, 나는 그렇게 생각했다.

나는 사가의 발목을 잡고 정강이에 얼굴을 묻었다. 사랑스러운 것에 무릎 꿇듯이 살며시 볼을 갖다 대고, 그 온기와 울퉁불퉁한 뼈의 감촉에 머리를 맡기고 입맞춤했다. 뼈도 혈관도 모근도 모두 살아 있었다. 내 것이 아니니 언젠가는 만질 수 없게 될지도 모른다. 언젠가는 그렇게 완전히 죽게 되리라. 하지만 지금은 분명하게 살아 있고, 만질 수 있고, 따뜻하다.

다행이다, 하고 나는 생각했다.

이 시간이야말로 내가 확고하게 갖고 있는 것이다. 누구도 빼앗을 수 없다.

공연 날이 순식간에 찾아왔다.

학교 전체가 축제 분위기로 떠들썩한 가운데, 시시각 각 공연 시간이 다가왔다.

소도구를 제작한 사람들의 얼굴에도 긴장감이 흘렀 다. 조명과 음향은 전문가들에게 맡겼다. 그들은 사전 미 팅에도 참가했다. 나는 그런 광경들에 약간 긴장했지만, 그것도 잠시였다.

대강당 전체를 돌아보면서, 무대가 바다를 가르고 나 아가는 배 같다고 느낀다.

그리고 나는 뱃머리에 있다, 그렇게 생각한다. 마치 바 다를 지키는 인어상처럼, 내가 차분하게 숨을 들이쉬고 내쉬면, 그 숨이 관계자와 함께 공연하는 이들 모두에게 퍼져 나가 하나의 바람이 생겨난다.

이 기분을 나는 오래전부터 '큰 기분'이라고 부르고 있 다. 일상 속에서도 간혹 느끼는 기분이다. 모든 것이 고루 잘 보이고, 시간이 멈춘 것처럼 느껴진다. 연습할 때 나는 언제나 이 큰 기분에 잠길 수 있다. 무대 위에서는 특히 그런 상태에 있는 게 중요하다. 그러면 저 높은 곳에 있는 보다 큰 기분과 접할 수 있다. 보다 큰 기분을 접하는 것과, 그걸 목소리에 담아 주위 사람들에게 나누는 것이 중요하다.

나는 하늘 위에서 내려다보듯, 무대 전체의 색에 몸을 적신다.

그러고 나서는 거침없이 흘러가듯, 눈 깜짝할 사이에 진행되었다.

그리고 크고 낭랑한 목소리로 마지막 시를 읊고 있다는 걸 알았다.

미사코의 손을 꼭 잡고서.

그렇게 대담한 행동을, 무대 위에서는 별일 아닌 것처럼 당당하게 할 수 있다. 그런 자신을 다른 자신이 보고 있다.

무대 세트는 사막과 오두막과 산들이었다. 막에 파란 하늘이 그려져 있어, 정말 밖에 있는 것 같았다. 너무도 아름다운 조형은 모두가 애쓴 결과다.

그리고 역시 미사코의 모습에는 한 점 티끌도 없었다.

나는 미사코를 믿는다, 하고 생각했더니 그 마음이 전해진 것처럼 미사코가 나를 올려다보며 방긋 미소 지었다. 눈과 눈썹이 아름다웠다.

객석은 캄캄했지만, 눈부신 빛 속에 선 내 눈앞은 수많은 사람들의 기척으로 넘쳤다.

나는 새삼 무대에 서는 것이 좋다고 생각했다.

지금까지 실제 공연은 열 번 정도밖에 경험하지 못했지만, 리허설 때는 내면으로만 수그러들던 마음이 정작 무대에 올라 관객 앞에 서면 갑자기 밖으로 퍼지는 것을 알 수 있다. 마치 사막과 하늘과 바다를 향하고 있는 것처럼, 거대한 우주와 마주한 느낌이 든다.

왜 그런지 무대 위에서 나의 자그마한 몸은 거대해지고 목소리는 우렁차게 울린다. 시간을 초월해 신과 무대 위의 배우와 객석을 메운 사람들, 그리고 내가 사랑했지만 죽은 사람들 모두에게 나의 슬픔과 고통과 배려를, 그리고 무엇보다 감사를 표현하고 전한다. 기도와는 다른 방식으로.

개별적이 아니라서 보다 큰 것을 전할 수 있고, 보다 큰 무지개를 그릴 수 있는 것처럼 생각되었다.

나스카 대지에 그림을 그린 사람들 역시 이런 기분이었을 것이다.

새들

신은 세계를 멸망시키기를 좋아한다

좋아한다 좋아한다 좋아한다 아이 신이여

새들이 그걸 깨달았을 때 노래하기 시작한다 노래하기
시작한다

그리고 그 노래를 들었을 때 신은 새들을 가여워하며

다시 원래 모습으로 돌려놓는다

다시 원래 모습으로 돌려놓는다

아이 그럴 수 없다 멸망시킬 수는 없다 새들에 의해

스에나가 교수가 나를 빤히 쳐다보고 있었다. 그 옆에
아름다운 부인과 동글동글한 아기가 있었다. 아기의 눈은
새카맣고 맑았다.

그리고 사가도 있었다. 나는 그를 단번에 찾을 수 있다.

사가는 조금 부끄러운 듯 나를 보고 있었다. 하지만
그 눈에는 모든 것이 있었다. 저 눈에 비친 것은 나다, 하
고 나는 생각했다.

아니, 그렇지 않다.

그 대답은 불쑥 내려왔다.

내 눈에 비친 모든 것도 나의 일부다.

죽은 것도 나, 살아남은 것도 나.

연기하는 것도 나.

무대 위의 강한 빛 때문에 잘 보이지 않는 객석이 마지막 음악과 함께 조금씩 밝아 오면서, 내 마음속에 그런 확신이 차올랐다.

"다른 사람 같아서, 마음이 조금 아팠어."

무대 뒤 복도에서 기다리고 있던 사가가 내게 조그만 리모니움 꽃다발을 내밀면서 말했다.

최고의 칭찬이라고 생각했다. 나는 짙게 분장한 얼굴에 미소를 머금었다.

"이제 분장 지우고, 옷 갈아입고, 다 같이 모여서 오늘 공연을 평가하는 시간을 가질 거야. 밤 10시 정도에는 집에 들어갈 텐데, 집에서 볼 수 있을까?"

사가는 고개를 끄덕였다.

천천히 고개를 끄덕이는 그 목의 각도가 늘 나를 황홀하게 한다.

새들

내가 가만히 목을 바라보았더니, 사가도 나를 쳐다보았다.

"이제 끝났으니까 여행 갈 수 있겠다."

내가 말했다.

"오늘, 휴가 신청했어."

사가가 말했다.

"드디어 가게 되네. 내일부터 본격적으로 준비를 시작하자."

내가 말했다.

사가는 말없이 내 손등을 쓰다듬었다. 나는 두 손으로 사가의 손을 잡았다. 밤에 만날 때까지 무사하기를, 춥지 않기를, 불안해지지 않기를.

어렸을 때처럼 그렇게 마음을 담아.

우리의 이 손은 그리 멀지 않은 미래에, 우리가 만든 작은 인간을 똑같은 마음으로 쓰다듬게 되리라. 하지만 만에 하나 그 바람이 이루어지지 않더라도, 우리는 확고하게 여기에 있다.

미사코는 탈의실과 분장실로 사용하는 강의실에 들어가기 전에, 나를 꼭 껴안았다.

오늘로 미사코가 내 동생인 날도 끝난다, 하고 생각하니 애틋했다.

이 애틋함도 좋다. 안심하고 애틋해질 수 있으니.

서쪽으로 기운 햇살이 비치는 창가에서, 나는 행복했다.

올려다보니, 하늘 높이에서 솔개가 날고 있었다.

아, 사가 엄마.

나까지 만나러 와 줘서 고마워요, 그렇게 생각했다.

행복이 뭔지 아직은 잘 모르겠어요.

하지만 나와 사가는 계속 찾겠죠.

"마코, '하나와'에 먼저 가 있을게."

미사코가 말했다. '하나와'는 우리 학교 학생들에게 값싸면서도 맛있는 안주거리를 제공해 주는 선술집 이름이다. 그곳에서 평가회를 갖는데, 무대가 거의 완벽했기 때문에 그냥 뒤풀이 모임이 될 것이다. 그렇다는 걸 모두가 알고 있어서, 미술을 담당했던 사람들까지 후련한 표정으로 나와 모두에게 수고했다는 말을 하고는 우르르 몰려 나갔다.

옷을 갈아입고, 서둘러 싸늘한 가로수 길을 걸어 '하

새들

나와'에 갔다.

가는 길에 나무를 올려다보면서, 생각했다.

이 동네에 온 후로, 소나무가 줄곧 지켜봐 주었다. 부모가 없고, 사가는 삐딱하고, 아기는 안 생기고, 그런 일들로 뒤틀리고 웅크리고 있는 나를, 좋은 냄새 나는 이파리와 풍성한 열매로, 아무런 기대도 않고 비판도 하지 않고서.

"소나무들아, 나 조금은 깨우쳤어. 어쩌면 그렇게 착각하고 있을 뿐, 아직도 악몽 속에 있는지도 모르지만, 이 동네에서 생활하면서 조금은 달라졌어. 나도 언젠가 너희들처럼 되고 싶어."

나는 조그맣게 소리 내어 그렇게 말했다.

나무들은 가을바람에 한들거리며, 보잘것없는 나를 내려다보았다.

하늘 높이 아직도 날고 있는 솔개가 보였다.

다들 기다리고 있는 걸 알면서도, 나는 걸음을 멈추고 빤히 올려다보았다.

사가의 엄마…… 그리운 그 모습에 울먹이면서 말을 걸어 보았다.

그다음부터는 백일몽처럼 이미지가 잇달아 떠오를 뿐
이었다. 실제로 있었던 일인지, 그냥 눈앞의 환영인지, 나
도 잘 몰랐다.

나는 사가의 엄마와 어딘지 모를 평화롭고 조용한 장
소에 나란히 앉아, 이런 얘기를 나눴다.

"전부터 물어보고 싶었는데, 사가 이름은 왜 사가예
요? 한자로 쓰기도 어렵고, 어떻게 보면 성 같은데."

그렇게 말하는 내 마음의 목소리는 어렸을 때처럼 가
녀리면서도 또랑또랑했다.

목소리가 들렸다. 이미지도 계속되었다. 사가 엄마의
부드러운 눈썹, 또렷한 눈매, 빵 반죽을 빚는 노련한 손놀
림. 약간 뾰족한 코의 실루엣이 귀여운 옆얼굴.

"그 이름, 사실은 내가 청춘 시절에 무척 좋아했던 만
화에서 따온 거야. 제목은 잊어버렸어. 이즈미코라는 좀
이상한 여자가 주인공으로 나오는 만화야. 내가 학교 옥
상에서 하늘을 보면서 그 만화를 자주 읽었거든. 나도 그
런 시절이 있었어. 그 만화에, 아주 오랜 시간을 살아온
신비로운 가족과, 겨우 열한 살인데 엄청난 에너지를 지

새들

닌, 눈이 약간 찢어진 남자아이가 등장해. 그는 자신의 힘을 어쩌지 못하고 아름다운 경치를 찾아서 전 세계를 끝없이 방랑해. 예리한 눈빛으로, 누구에게도 기대지 않고. 그러다 자기보다 나이가 아주 많은 검은 머리 여자와 멋진 사랑을 하게 되는데, 그때 태어난 아이의 이름이 사가야. 그렇게, 뭐라 말하지 않아도 자기 일은 알아서 할 수 있는, 영특하고 멋지고 과묵한 아이가 되었으면 해서. 그때 아직 아이를 가질 마음도 없었던 내가 아들을 낳으면 그 이름으로 할 거라고 정했다니까. 그리고 실제로 그렇게 했어. 그 바람이 이루어졌을 때 얼마나 신기하던지. 그리고, 행복했어."

사가 엄마가 말을 마치고는 이쪽을 보면서 방그레 웃었다.

그리고 반짝 눈을 떴다.

나는 여전히 소나무를 올려다보며 가로수 길에 서 있었고, 주위에는 아무도 없었다. 공기에는 어렴풋이 밤의 냄새. 솔개도 어디로 날아갔는지 보이지 않았다.

이제 뒤풀이 자리에 가서, 좋은 시간을 공유했던 사람

들과 술을 마시자. 그리고 밤에는 내 집으로 돌아가자.

사가가 오면 물어봐야지. 혹시 사가가 배고플지도 모르니까 온면을 만들어 주고, 그사이에 이름의 유래를 물어보자.

틀림없을 거야, 조금 전의 정보가 맞을 거야, 그런 느낌이 들었다.

모든 정보는 여기에 있다, 내가 그걸 깨닫기만 하면.

하나씩 발견해 가고 싶다, 자신을 살리면서, 그리고 가능하면 새 가족과 함께. 새롭게 다시 태어난 기분으로 나는, 지금 나를 기다리는 사람들에게로 걸음을 재촉했다.

"이 온면, 맛있는데."

사가가 말했다.

1시가 되어 가는 한밤중인데, 사가는 내가 후다닥 만들어 준 온면을 칭찬했다.

면밖에 없으면 허전하니까, 파와 달걀을 넣었다. 국물은 천연 다시 팩을 사용하고, 고춧가루와 가다랑어포 가루만 살짝 뿌린 소박한 온면이었다.

하지만 사가는 정말 맛있다는 듯이, 순식간에 후루룩

새들

먹어 치웠다.

기본적으로 그는 타인의 상태에 절대 휘둘리지 않는 사람이다. 심리 치료사가 적성에 맞지 않나 싶을 정도다. 그럼에도 역시, 공연에 앞서 다소 긴장했던 나의 압력이 영향을 미치기는 했을 것이다. 지금은 안도한 표정이다. 나는 사가의 그런 표정과 마주하고는 나의 표정도 느긋해졌다는 걸 알아차린다. 마치 거울처럼.

"다행이다."

오랜만에 정종을 마신 나는 아직도 뺨이 화끈거린다.

스에나가 교수가 모두에게 쏜 그 술은 비싼 만큼 정말 맛있었다. 배 속에 아기가 있었다면 못 마셨을 테니, 이번 달에는 잘된 거지 뭐, 하고 나는 긍정적인 기분이었다.

"마코, 은근 요리를 잘한다니까."

사가가 말했다.

"이렇게 대충 만든 온면을 칭찬하면 어떡해……. 하긴 내가 본격적인 요리도 좀 하지. 같이 사는 어른들이 모두 음식점에서 일하고, 자연식을 지향했잖아. 그러니 미각도 발달하고, 맛 내는 방법과 순서를 익히는 게 당연하지. 나, 엄마도 제법 많이 도왔고."

내가 말했다.

"나는 엄마가 빵 만드는 걸 주로 도왔지. 반죽을 빚으려면 힘이 있어야 한다면서 엄마가 자주 시켰어."

"그렇게 훈련한 덕분에 지금도 살아 있잖아, 그 힘."

내가 말했다.

세도나에서 오늘은 특별히 외식이다 할 때는 언제나 '엘로테 카페'에 갔던 것처럼, 가끔 오래 드라이브를 해서 샌프란시스코에 가면 그들은 '셰 파니스'나 '스쿨' 같은 유명한 레스토랑에 들렀다. 그리고 거기에서 먹은 요리를 참고해서 밭에서 딴 채소로 소박하면서도 맛있는 요리를 만들었다. 그런 요리 옆에는 늘 사가의 엄마가 구운 다양하고 맛난 빵이 있었다. 언젠가 자신들이 땅을 사게 된다면, 마당에 빵 굽는 가마를 만들고 싶다고 했던가.

그 생각을 할 때면 그렇구나, 어쩌다 병으로 쓰러졌을 뿐, 그들에게도 하고 싶은 일과 꿈이 많았구나, 하고 깜짝 놀란다.

마지막이 비참했기 때문에 어쩔 수 없이 잊고 만다.

만약 모두가 아직 살아 있다면, 그들은 헤어지는 일 없이 서로 도우며 생활했을 것이다. 나와 사가는 그들이

새들

사는 집을 본가로 여기고, 이렇게 과거를 뚝 잘라 낸 식으로 성장하지 않고, 느릿느릿 여유 있게 어른이 되어…….

그런 가능성도 있었다는 걸 또 생각하자, 너무도 평화롭고 평범하고 즐거운 그 분위기에 눈물이 났다.

"그런 요리를 뭐라고 하지? 채소 중심에, 캘리포니아적인…… 여기서는 그런 요리를 일상적으로 먹는 사람이 많지 않으니까, 가게를 내면 인기를 끌 수도 있지 않을까."

사가가 말했다.

"도쿄에다 그런 레스토랑 내면 피곤하니까, 도시에서 조금 떨어진 시골에서 하고 싶네. 집세도 싸고. 그리고 거기에서 사가가 만든 빵을 파는 거야."

내가 말했다.

"그렇네. 둘이서 가게 하는 거, 현실성이 없는 건 아니지. 뒤뜰에다 텃밭을 가꾸고."

사가가 말했다.

"그럼, 밭을 가꾸는 꿈도 이룰 수 있겠네. 하지만 돈을 위해서 일하면 그럴수록 돈을 못 벌 것 같으니까, 예약제나 일주일에 사흘 정도만. 아줌마의 꿈이었던 빵 굽는 가마도 만들고."

내가 말했다.

"정말 어른이랄 수 있는 나이가 되면, 아무리 불황이 심해도 실현할 수 있을 거야. 그리 멀지 않았어."

사가가 말했다.

"우선은 세도나에 다녀와야지. 지금의 눈으로 많은 것을 똑바로 보는 게 먼저야."

나는 미소 지으며 말했다.

창밖에서 어둠이 우리를 가만히 보고 있었다. 협곡에 고인 물이 아직도 우리를 쫓아다니고 있다. 평생 완전히 떨쳐 버릴 수는 없으리라. 그러나 점차 추워지는 이 계절에, 내가 멍청하리만큼 무성하게 키운 허브들은 여전히 힘찬 기운을 뿜내고 있다. 어둠 속에서 마치 나를 지켜 주듯 그 초록을 빛내고 있다. 집 안의 식물들도 소리 없이 술렁거리며 똑같은 빛을 발하고 있었다.

"응. 그런데 알 수 없지. 마코가 외부의 무대에 섰다가 화제 몰이를 해서 일약 유명 배우가 될 수도 있잖아. 오늘 무대가 너무 좋아서 난 아직 꿈속에 있는 기분이야. 그 사람이 정말 마코였는지, 다른 사람은 아니었는지."

"있을 수 없어, 그런 일은."

나는 웃었다.

"그래도 그렇게 되면 마음껏 연기를 하다가 마지막에 가서 조그맣게 가게를 내면 되려나. 그 사이에 돈도 많이 모일 것 같고."

사가도 그렇게 말하면서 나를 따라 웃었다.

"그 교수와 더 친해지는 건 영 마음에 안 들지만."

"그렇게 열심히 애써서 빈틈없는 대본을 만들어 준 사람인데, 참 여전하네. 오늘도 그래, 인사 한번 제대로 하지 않아서 내가 다 부끄럽더라."

나는 어이없어하면서 말했다. 그러고는 퍼뜩 놀라 다음 말을 꺼냈다.

"그런데 우리, 처음으로 앞날에 대해 얘기한 것 같네. 늘 과거 얘기만 했었는데, 우리만의 얘기는 거의 한 적이 없잖아. 아 참, 아기는 미래 얘기니까, 그걸로 충분했었나."

"아니야, 그렇지 않아."

사가가 암울한 눈빛을 하고 말했다.

"지금까지 네가 했던 아이 얘기는, 전부 과거 얘기였어. 옛날을 되찾기 위한 얘기였다고."

"알고 있었어?"

내가 물었다.

스에나가 교수도 그랬지만, 사가 역시 내 마음속의 어두운 부분을 정확하게 꿰뚫어 보고 있었다. 하지만 스에나가 교수가 우리를 위해 해 준 멋진 말을 몇 번이나 전해도 사가는…… 그저 뚱하고만 있을 뿐이어서, 나는 잠자코 있었다.

"그런데도, 아기가 생겨도 괜찮다고 생각한 거야?"

사가는 고개를 끄덕였다.

"처음에는 과거의 잔상으로 생겨난 기분이더라도, 살아 있는 것은 뭐든 우리를 미래로 데려가 줄 거라고 생각했어. 아니지, 엄밀하게는 미래도 아니지. 지금, 지금 현재로. 살아 있는 건 다 그래. 빵의 효모도, 식물도. 어쩌다 보니 우리에게 시간이 없어 같이 생활하는 습관도 없었지만, 새든 동물이든 살아 있으면 모두 그런 힘을 발휘할 거야. 그러니까 그 영향을 당연히 받겠지. 아기는 언제나 우리를, 지금으로 데려다줄 테니까. 그래도 좋다고 생각했어."

"응."

나도 고개를 끄덕였다.

사가도 이제는 엄마의 환영만 쫓던 슬픈 표정의 사가가 아니었다. 어른의 얼굴이, 아버지가 되고 할아버지가 된 미래의 사가 얼굴이 조금씩 겹쳐진다.

마치 무언가가 발효해서 모습이 바뀌듯, 지금까지의 생명이 조금씩 다른 생명으로 변해 간다. 같은 멤버, 같은 슬픔. 그런데도 썩지 않고 생명의 소리를 내면서 전혀 다른 것으로 변해서 새롭게 태어나는, 그런 순간을 나는 깊은 밤의 좁은 그 방에서 매트리스에 기대어, 짙고 옅은 아름다운 초록에 둘러싸여 확실하게 보고 있다는 것을 실감했다.

"있잖아, 사가 이름의 유래, 뭐였더라? 혹시……."

내가 물었다.

사가가 나를 물끄러미 쳐다보아, 나는 사가 엄마의 미소를 떠올리면서, 똑같이 부드럽게 미소 지었다. 마치 데자뷔를 보고 있는 듯한 신비한 기분으로.

저자 후기와 헌사

몇 년 전, 1970년대와 미국의 시골 생활을 잘 알고, 과거에 엄청난 비극을 경험한 탓에 서로에게 매달려 살 수밖에 없는 젊은 커플 얘기를 쓰려고 했습니다. 그들이 꼭 써 달라고 내게 간곡하게 청하는 것처럼 생각되었기 때문이죠. 마음에 있는 한 장면은 커트 코베인이 죽었을 때, 발만 보였던 슬픈 사진이었습니다.

처음에는 섀스타 부근을 무대로 삼으려는 생각에 섀스타와 샌프란시스코, 버클리 등을 취재하러 갔는데, 왠지 여기다 싶지가 않았습니다. 그래서 이 소설에 등장하는 미국이 어디인지 모호해지고 말았습니다.

그런 때에 아라이 아키 씨의 만화 작품 『쭈쭈 가나코』
와 『히네야 2-8』과 만났는데, 그 아름다움에 감동해서 나
역시 그 시대 특유의 자유로운 분위기를 쓰면 되겠다는
영감을 얻었습니다. 아라이 아키 씨, 에모토 도모 씨, 대
화 고마웠습니다.

주인공이 연극을 하는 점은 1970년대 당시 우리 언니
가 연극부였던 영향도 있고, 무라카미 하루키 씨가 번역
한 『프래니와 주이』라는 작품과도 관계가 있을 듯합니다.
시무라 다카코 씨의 명작 『파란 꽃』도 여자 고등학교의
연극부 얘기였죠. 그리고 「하나코와 앤」도요! 학창 시절
에 연극에서 주역을 맡는다는(프로로서가 아니라) 것에는
마법 같은 특별한 무언가가 있지 않나 싶습니다.

재작년 겨울, 구니사키 반도에서 열린 아메야 노리미
즈 씨의 「입구 출구」라는 퍼포먼스를 보러 갔다가 감명을
받았습니다. 토지가 하고 싶은 말을 인간이 표현하고, 진
혼하는 방법에도 감동했고요. 그 퍼포먼스의 음악을 작
곡했던 아오바 이치코 씨를 올겨울에 처음 만났습니다.
오래된 교회 안에 선 아오바 씨는 마스크를 쓰고 있었고,

아주 작아 정령 같았죠. 그녀의 「0」이라는 타이틀의 앨범도 내게 많은 영감을 주었습니다.

새스타에 이은 후보지로 '치유의 땅'이라 믿고 찾아간 세도나는 의외로 피비린내 나는 장소였습니다. 왜 그렇게 느꼈는지는 모르겠군요.

애리조나의 투명한 하늘 아래에서 불현듯 떠올라 들은 아오바 씨의 청아한 목소리와 기타로 연주되는 「살아남은 우리들」은 내가 상상하는 스토리와 너무도 똑같았습니다.

이 곡을 듣고 쓴 얘기 아니냐, 한다면 뭐라 대답할 말이 없을 정도로 그 노래는 내 마음속의 커플과 같았어요. 협곡이 등장하고, 살아남은 이들이 있고, 전부 우연이지만 믿지 않는 편이 오히려 자연스러울 정도의 싱크로율이었습니다.

그리고 그때, 세도나의 불길한 하늘을 나는 새들을 보면서, 나는 아이 둘을 남기고 저세상으로 떠난 부모들과 뒤에 남은 두 아이의 심정이 되었습니다.

만약 사가가 훗날 혼자 여행을 떠난다면, 보스턴백에 사흘 치 옷과 마코의 사진을 담아 가겠지요. 사가는 언제나 마코만을 마음에 품고 있기 때문입니다. 그러나 마코는 질투도 하고 엉뚱한 생각도 합니다. 사가가 행복했으면 좋겠다고 기도하면서 말이죠.

그렇게 이 소설에 등장하는 사람들 모두가 '새들'이라는 생각에, 이렇게 단순한 제목을 지었습니다.

아마 이 소설은 쇼와 시대의 꼬장꼬장한 아줌마에서 헤이세이 시대의 꼬장꼬장한 할머니로 이행해 가는 과정에서 내가 온몸으로 보고 들은, 이 나라가 '병들어 끝나가는 것에 저항하는 표현'을 꾸준히 해온 모든 표현자들에 대한 '응원 그리고 평론' 같은 것이라고 생각하고 있습니다.

처음부터 함께 달려 준 담당 편집자 다니구치 아이 씨, 감사합니다. 다니구치 씨와도 너무 닮은 점이 많아, 이 작품은 그녀와 만들어서 태어났다고 확신하고 있습니다. 도중에 다른 소설을 제출하려고 했는데, 다니구치 씨가 절대 이 작품이 좋다고 강조했거든요.

늘 상큼한 모습으로 응원해 주는 《스바루》의 하쿠이 료코 씨, 고마워요. 이름만큼이나 상큼하고 귀여운 그녀의 미소에 무척 힘을 얻었습니다.

새들

디자인을 맡아 준 오시마 이데아 씨, 감사합니다. 그의 작품은 꿈속에서 보는, 아름다운 액자 속 그림 같아요.

일러스트를 맡아 준 MARUU 씨, 감사합니다. 나는 기분이 울적할 때면 그녀의 만화를 읽거나 그림을 바라보고, 블로그를 읽곤 합니다. 그 정도로 그녀의 광팬이라 무척 행복합니다.

취재 여행에 동행해 준 이노 이쓰미 씨와 우리 가족에게도 고마움을 표합니다. 그렇게 피비린내 나는 곳이었는데도 우리는 줄곧 맛있는 것을 먹으면서(물론 작품에 등장하는 '엘로테 카페'와 '오크크리크 인디언 카페'와 '스쿨'에 가서) 웃고 지냈어요.

책이 출판되기까지 여러 가지로 도움을 준 요시모토 바나나 사무소의 여러분도 감사합니다.

그리고 애리조나에 대해 많은 것을 취재해 준 곤도 시노부 씨(아틀리에 '애리조나 은의 달')와 히로·M·모랄레스 씨, 감사합니다. 당신들의 직관 넘치는 언어들이 내게 큰 자신감을 주었습니다.

작품에 나오는 시는 모두 『촌탈(Chontal)의 시 멕시코 인디언의 옛 노래』에서 발췌 인용한 것입니다. 아주 오래

전에 아르헨티나를 취재하기 위해 사전에 찾아갔던 고(故)
다카노 다로 씨의 레스토랑 '롯폰기 칸데라리아'도 그리운
추억입니다. 이 시들처럼 힘 있는 언어를 구사할 수 있는
작가이고 싶습니다. 그리고 이 책은 촌탈 사람들의 마음
인지, 시를 수집하고 번역한 오기타 마사노스케 씨의 정
열인지, 다카노 씨가 남긴 염원인지, 신비로운 힘을 가지
고 인생에서 몇 번이나 나를 찾아왔습니다. 이렇게 확고
하게 있는 책의 생명을, 아직은 더 오래 소중하게 이어 나
가고 싶습니다.

여름의 끝

새들

옮긴이 김난주

1987년 쇼와 여자대학에서 일본 근대문학 석사 학위를 취득했고, 이후 오오쓰마 여자대학과 도쿄 대학에서 일본 근대문학을 연구했다. 현재 대표적인 일본 문학 전문 번역가로 활동하며 다수의 일본 문학 및 베스트셀러 작품을 번역했다. 옮긴 책으로 요시모토 바나나의 『키친』, 『하드보일드 하드럭』, 『하치의 마지막 연인』, 『암리타』, 『티티새』, 『막다른 골목의 추억』, 『서커스 나이트』, 『주주』, 무라카미 하루키의 『태엽 감는 새 연대기』, 『세계의 끝과 하드보일드 원더랜드』, 『포트레이트 인 재즈』, 『해 뜨는 나라의 공장』 등과 『겐지 이야기』, 『모래의 여자』, 『기린의 날개』, 『천공의 벌』 등이 있다.

새들

1판 1쇄 펴냄 2021년 2월 4일
1판 3쇄 펴냄 2024년 1월 17일

지은이 요시모토 바나나
옮긴이 김난주
발행인 박근섭·박상준
펴낸곳 (주)민음사

출판등록 1966. 5. 19. 제16-490호
주소   서울특별시 강남구 도산대로1길 62(신사동)
          강남출판문화센터 5층 (우편번호 06027)
대표전화 02-515-2000 | 팩시밀리 02-515-2007
홈페이지 www.minumsa.com

ISBN 978-89-374-1797-9 (03830)

* 잘못 만들어진 책은 구입처에서 교환해 드립니다.